MW00790065

Die zweite Ehefrau eines Mannes, der doch tatsächlich nach einer dritten Ausschau hält, und ihre eigene böse Vorgeschichte...

Ein freundlicher Einsamer, der von Kindheit an ein bestimmtes Stück Land erträumt, sein Paradies...

Eine Studentin, der sich ein anscheinend ausgesetztes Kind an die Fersen heftet – wirklich?...

Ein etwas irrer Leute-Ärgerer, der eine abgründige Begegnung hat, die dann doch nichts weiter ist als eine absurde Szene...

Eine feine alte Französin in Algerien, die, sensibel geworden für die Wunderzeichen des Volksglaubens, ein solches Zeichen erhält...

Ein junger Mann im Urlaub am Meer, der eine bilderbuchschöne Ferien-Familie beobachtet und schrecklich gern irgendwie dazu gehören möchte...

Ein Faulpelz und Phantast von jungem Ehemann und eine klug die Zügel in die Hand nehmende junge Frau...

Ein grandios Verliebter und eine geheimnisvolle Frau in einer mystischen Verbindung, surrealistisch...

Eine mittlere Beamtin, die durch eine herrlich groteske Idee an eine Lösung ihrer Frust-Probleme herankommt, ganz nahe...

Dieses Taschenbuch enthält in französisch-deutschem Paralleldruck Erzählungen französischer Autoren, die in den achtziger Jahren in Frankreich Aufmerksamkeit gefunden haben und inzwischen auch bei uns entdeckt worden sind. Da französische Literatur nicht nur in Frankreich entsteht, befinden sich darunter auch die Erzählung einer algerischen Autorin (Fatima Gallaire) und die eines Kariben aus Martinique (Xavier Orville).

NEUF NOUVELLES NOUVELLES

NEUE FRANZÖSISCHE ERZÄHLUNGEN

Auswahl und Übersetzung
von Gabriele Vickermann

Deutscher Taschenbuch Verlag

dtv zweisprachig
Begründet von Kristof Wachinger-Langewiesche

Deutsche Erstausgabe
1. Auflage 1992. 7. Auflage Dezember 2007
Deutscher Taschenbuch Verlag GmbH & Co. KG, München
© Châteaureynaud bei Presses de la Renaissance, Paris
© Pujade-Renaud bei Actes Sud, Arles
© der übrigen Erzählungen bei den Autoren
Rechte an der deutschen Übersetzung: <u>dtv</u>
Umschlagkonzept: Balk & Brumshagen
Umschlagbild: Marie
Gesamtherstellung: Kösel, Krugzell
Gedruckt auf säurefreiem, chlorfrei gebleichtem Papier
Printed in Germany · ISBN 978-3-423-09299-9

Un jour. Quel jour? et qui est-elle ce jour-là? Elle ne le sait pas bien.

Un jour, elle rouvre un tiroir dans un meuble oublié, un petit meuble noir qui perd ses incrustations de nacre et ses rubans de laiton. Autrefois, lui semble-t-il – était-elle encore enfant? – elle cherchait à tâtons un bouton minuscule à l'intérieur du rabattant, appuyait, écoutait l'air un peu faux de la serrure à musique tandis que lentement s'écarquillait la cachette entre l'écritoire et l'étagère.

Vide, la cachette. Comme aujourd'hui, sûrement. Elle fait l'inventaire du tiroir, deux boutons de manchette dont l'or est un souvenir qui s'efface, deux épingles à cheveux, du papier d'Arménie, qui ne sent plus rien, l'Arménie est morte, non? Un entonnoir à parfum, des punaises, un ticket de métro... Elle rêve. Le métro, depuis combien d'années elle n'a pas pris le métro? Il faudra le refaire, pourtant, si Pierre s'en va, et retourner au boulot.

Elle ne sait plus très bien pourquoi elle est montée, ce matin pluvieux, dans le grenier de la maison de Camille.

C'était la grande-mère, Camille, la mère de son père. A lui, ou à elle? Dans sa tête, les identités s'embrouillent, de plus en plus souvent.

Une femme petite et sèche, au teint bistre. Cache-toi donc du soleil, disait le mari, déjà qu'avec ta peau d'arabe... Mais ni le soleil ni les Arabies improbables n'expliquaient les joues de bronze. Camille se lavait avec de la salive sur un mouchoir, voilà tout. Pierre autrefois riait quand il racontait ça.

Christiane Baroche
Ein neues Leben beginnen . . .

Eines Tages. An welchem Tag? Und wer ist sie an diesem
Tag? Sie weiß es nicht so recht.

Eines Tages öffnet sie wieder mal eine Schublade in
einem vergessenen Möbelstück, einem kleinen schwarzen
Möbelstück, das seine Perlmutt-Intarsien und Messing-
schleifen verliert. Früher, so meint sie – war sie da noch
Kind? – hatte sie tastend einen winzigen Knopf im Innern
der Klappe gesucht, hatte gedrückt, hatte die etwas fal-
sche Melodie des Schlosses gehört, während sich langsam
das Geheimfach zwischen dem Schreibpult und den Fä-
chern auftat.

Leer, das Geheimfach. Wie auch heute, sicherlich. Sie
zählt sich den Inhalt der Schublade auf, zwei Manschetten-
knöpfe, deren Gold schwindende Erinnerung ist, zwei
Haarnadeln, armenisches Duftpapier, das nach nichts
mehr duftet, Armenien ist tot, oder? Ein Parfümtrichter,
Heftzwecken, ein Metrofahrschein . . .

                          Sie träumt. Die
Metro, seit wie vielen Jahren ist sie nicht mehr Metro
gefahren? Sie wird es allerdings wieder tun müssen,
wenn Pierre geht, sie wird wieder arbeiten müssen.

Sie weiß nicht mehr genau, warum sie heraufgekom-
men ist, an diesem regnerischen Morgen, auf den Dachboden von Camilles Haus.

Das war die Großmutter, Camille, die Mutter ihres
Vaters. Ihres oder seines? In ihrem Kopf gerät immer öfter
durcheinander, wer wer war.

Eine kleine und hagere Frau mit braunem Teint. Geh
doch aus der Sonne, sagte ihr Mann, du bist doch schon
braun wie ein Araber . . . Aber weder die Sonne noch das
unwahrscheinliche Arabien erklärten ihre bronzenen
Wangen. Camille wusch sich mit Speichel auf einem
Taschentuch, das war alles. Früher lachte Pierre, wenn er
das erzählte.

Et le papie est mort. Les meubles qu'il aimait tant se sont envolés sous le toit, la nuit même. Camille patientait depuis cinquante et un ans, cet exil-là ne pouvait attendre davantage. Et la vieille Baucis haineuse avait empoigné les cantines, les écritoires, le classeur à rouleau, la bergère bancale où Paul faisait la sieste. L'épée d'apparat, les bottes, les éperons, tout le fourbi (tout ce qu'il avait fallu fourbir) là-haut, dans un coin, qu'on cesse de les voir, d'y penser. Enterrés le souvenir et le vieil homme. Camille jusqu'à sa propre mort n'avait plus parlé de son mari, Camille carrée dans un fauteuil *moderne*...

Le petit bureau de fausse ébène, de fausse nacre, de fausses dorures, Camille l'avait installé dans le courant d'air humide frémissant sous la tabatière entrouverte. Le bois gonflait, séchait quand les chaleurs s'alourdissaient, et puis gonflait à nouveau. Et rien, plus rien n'était demeuré d'un charme, oh discret, et bon marché, mais un charme. Louis XVI ou Directoire, qu'importe le siècle, qu'importe le temps qui passe... Pierre veut «faire sa vie», refaire, dit-il. Tout est mort. Sa femme s'enferme dans les années, comme si de toute façon! Il a toujours été plus «jeune» qu'elle, tu-te-laisses-aller-ma-pauvre-fille, nous-n'avons pas-évolué-de-la-même ... regarde-moi. Et elle le regarde, silencieuse, à peine agacée.

Lui ne voit de lui-même que son visage renversé pour atténuer les plis et le menton double, que le front «reculé» jusqu'à l'intelligence, il ne voit que le ventre plat le temps d'une inspiration, que cette allure définitivement bien coupée chez Yves Saint-Laurent.

Pas avant le passage sous la douche, certes mais qui se *montre* avant la douche, ma chère, sinon toi!

Und der Opa ist gestorben. Die Möbel, die er so sehr liebte, flogen noch in der gleichen Nacht hinaus, rauf unters Dach. Camille hatte seit einundfünfzig Jahren auf diesen Tag gewartet, dieses Leben in fremder Umgebung konnte nicht länger dauern. Die alte, gehässige Baucis schaffte die Truhen, das Schreibpult, den Rollschrank, den wackeligen Lehnsessel fort, auf dem Paul sein Nickerchen machte. Das Galaschwert, die Stiefel, die Sporen, den ganzen alten Putz (alles, was man immer hatte putzen müssen) nach da oben, in eine Ecke, damit man es nicht mehr sah, nicht mehr daran dachte. Begraben – die Erinnerung und den alten Mann. Camille hatte bis zu ihrem eigenen Tod nicht mehr von ihrem Mann gesprochen, Camille, bequem in einem modernen Sessel ...

Den kleinen Schreibtisch aus falschem Ebenholz, falschem Perlmutt, falschen Vergoldungen, den hatte Camille in den feuchten Luftzug gestellt, der unter dem leicht geöffneten Dachfenster vibrierte. Das Holz quoll, trocknete, wenn die Hitze drückender wurde, quoll wieder. Und nichts, nichts war da mehr von Charme, von unscheinbarem, billigem Charme, aber doch Charme. Stil Louis Seize oder Directoire, was bedeutet schon das Jahrhundert, was bedeutet schon die Zeit, die vergeht ... Pierre will sein Leben leben, von vorne anfangen, sagt er. Alles ist tot. Seine Frau hüllt sich in die Jahre, wenigstens tut sie so! Er war immer «jünger» als sie. Du läßt dich gehen, mein armes Mädchen, wir haben uns nicht gleich entwickelt ... sieh mich an. Und sie sieht ihn an, schweigend, kaum verärgert.

Er sieht von sich selber nur das Gesicht, zurückgelegt, um Falten und Doppelkinn abzuschwächen, nur die hohe Stirn, die seine Intelligenz sehen läßt, sieht nur den Bauch, flach, wenn er die Luft anhält, sieht nur die von Yves-Saint-Laurent unbestreitbar gut geschnittene Figur.

Allerdings nicht bevor er geduscht hat. Wer zeigt sich schon vor der Dusche, meine Liebe, außer dir!

Côté pile, c'est une autre histoire, qu'il ignore. Elle, n'ignore *rien*, nuque lourde, épaules affaissées, fesse étale. Rien du crâne rose sous les cheveux en ordre stratégique. Un dos de vieux. Si Pierre veut oublier qu'il a . . . soixante ans, son dos n'oublie pas.

Qu'il refasse sa vie, le pauvre, puisqu'il a des illusions, puisqu'il imagine qu'on peut recommencer ce qu'on n'a jamais tiré des limbes. Elle titille machinalement le mécanisme de l'écritoire en ruine, guettant la musiquette. Rien ne vient. Soupir, les objets se déglinguent, les gens . . .

La tabatière s'égoutte, elle écarte le meuble et sent quelque chose accrocher sa robe de chambre. Une pointe. Elle se penche, une pointe *neuve*. Cinq minutes après, elle l'a coupée avec une pince et le tiroir secret ouvre sa bedaine sur un menuet de Lulli, sans grincer. Dedans, des lettres. Par paquet de douze, avec rubans. Elle lit. La lumière qui tombe du fenestron est mauvaise, elle descend les paquets dans le pan de sa douillette.

Il pleut toujours, la matinée est à peine plus claire qu'à sept heures, quand Pierre s'est levé, la bouche grise, le poil gras, la peau grenue. Il y a longtemps qu'ils dorment chacun dans son lit. Elle, officiellement, se réveille au moment où il part. Derrière ses cils, elle l'observe. Il le sait. Est-ce pour cela qu'il laisse couler l'eau, qu'il éclabousse le plus possible? Il s'étrille avec la serviette à peine mouillée, c'est bien suffisant, se savonner sèche le cuir. Il ne se décrasse pas plus que Camille autrefois. Elle sourit. L'eau s'épuise sur les flancs d'une baignoire vide, croit-il qu'elle est sourde? Il n'aura plus jamais ses douze ans impatients d'aller jouer dehors, chacun ressuscite ce qu'il peut. Pour compenser, il va empester la lavande. Camille, elle, sentait le muguet fané.

Von hinten ist es eine andere Geschichte, die er nicht kennt. Sie kennt alles, den schweren Nacken, die hängenden Schultern, das schlaffe Gesäß. Den rosigen Hinterkopf unter den so planvoll geordneten Haaren. Kurz: die Rückseite eines alten Mannes. Wenn Pierre vergessen möchte, daß er – sechzig ist, sein Rücken vergißt es nicht.

Soll er doch ein neues Leben beginnen, der Arme, wenn er sich einbildet, daß man von vorn beginnen kann, was man nie über den Beginn hinausgebracht hat. Sie tastet automatisch den Mechanismus des altersschwachen Schreibpults ab, lauert auf die kleine Melodie. Nichts kommt. Ach, die Dinge werden klapprig, die Menschen . . .

Das Dachfenster tropft, sie rückt das Möbelstück zur Seite und spürt, wie sich etwas an ihrem Morgenmantel festhakt. Ein Drahthäkchen. Sie bückt sich, der Haken ist neu. Fünf Minuten später hat sie ihn mit einer Zange abgewickt, und nun öffnet, ohne zu quietschen, das geheime Schubfach seinen Bauch zu einem Menuett von Lulli. Darin Briefe. In Zwölferbündeln, mit Schleifen. Sie liest. Das Licht, das durch das Fenster fällt, ist schlecht, sie nimmt die Bündel im Schoß ihres wattierten Morgenmantels mit hinunter.

Es regnet immer noch, der Vormittag ist fast so düster wie um sieben Uhr, als Pierre aufstand, mit grauem Mund, fettigen Haaren, vernarbter Haut. Seit langem schlafen sie jeder im eigenen Bett. Offiziell wird sie erst wach, wenn er geht. Durch ihre Wimpern beobachtet sie ihn. Er weiß es. Läßt er deshalb das Wasser laufen und spritzt so viel wie möglich? Er reibt sich mit einem kaum feuchten Handtuch ab, das ist wirklich genug; Seife trocknet das Leder aus. Er reinigt sich nicht mehr, als es Camille damals tat. Sie lächelt. Das Wasser rinnt sinnlos über die Wände der leeren Badewanne, meint er, sie sei taub? Er wird nie mehr der Zwölfjährige sein, der nicht erwarten kann, draußen zu spielen. Nun, jeder erweckt zu neuem Leben, was er kann. Zum Ausgleich wird er Lavendel verstänkern. Camille, die roch nach welken Maiglöckchen.

Elle rit. Quand ils étaient jeunes – elle, l'était – ils se rencontraient dans une piaule de 4 m² sous un toit de zinc, et c'était lui qui pliait sa jupe et son corsage sur la chaise, dogmatique. Ma chère, dans un si petit espace, si tu ne ranges pas, c'est tout de suite le bordel. D'ailleurs, il ne disait pas bordel, il disait . . . un mot de vieux, déjà. Bobinard. Elle s'est souvent demandé pourquoi bobinard . . . A cette époque, Pierre croyait faire la vie parce qu'il la baisait deux fois par semaine. Maintenant, il veut . . . que veut-il au juste ? Vivre enfin ou vivre encore ?

Devant la fenêtre, elle étale ses trouvailles du grenier. Bourrées de sens. Tout est rangé par semaines, par mois. Grand cordon rouge autour de l'ensemble, et rubans jaunes pour les paquets intermédiaires. Les dates sont répétées sur les enveloppes, s'il vous plaît. Pierre décidément est un homme d'ordre.

Il est peut-être tombé sur une affriolante, qui tire de ses reins quelque étincelle inattendue. De là à se construire un nouveau feu d'artifice, quand on a soixante balais et qu'on les trouve «bien conservés». «Regarde-moi!» . . . les hommes sont bêtes, par moment.

Dans la salle de bains, elle fait ruisseler l'eau chaude, se frictionne au gant de crin, glisse son vieux corps dans une robe en toile, s'examine. De face, elle a *presque* quarante ans, une gueule. De profil, elle a tout de suite dix ans de moins. Son dos tient, ses bras. Les haltères une demi-heure par jour depuis . . . longtemps, sont bien plus efficaces que les 0% de matières grasses. Le ventre (le sien) est plat, soupir ou pas soupir ! Côté cheveux, elle n'a pas à se plaindre, la crinière est fidèle au poste, avec de loin en loin ces crins pâles qu'elle a toujours eus. Pas de quoi en faire un état

Sie lacht. Als sie jung waren – *sie* jedenfalls war es – trafen sie sich in einer Vier-Quadratmeter-Bude unter einem Zinkdach, und er war es, der ihren Rock und ihre Bluse auf dem Stuhl zusammenlegte, pedantisch. Meine Liebe, wenn du nicht aufräumst, auf so kleinem Raum, sieht es sofort aus wie im Bordell. Übrigens sagte er nicht Bordell, er sagte – ein schon veraltetes Wort – Freudenhaus. Sie hat sich oft gefragt, warum Freudenhaus... Damals glaubte Pierre, ausschweifend zu leben, weil er sie zweimal in der Woche küßte. Und jetzt will er ... was will er eigentlich? Endlich leben? Oder nochmal leben?

Vor dem Fenster breitet sie ihre Funde vom Dachboden aus, die sinnbeladenen. Alles ist nach Wochen geordnet, nach Monaten. Dicke rote Schnur um das Ganze, gelbe Schleifen für die einzelnen Päckchen. Die Daten werden auf den Briefumschlägen wiederholt, bitte sehr! Pierre ist entschieden ein ordnungsliebender Mann.

Vielleicht ist er auf eine Verführerin gestoßen, die seinen Lenden ein paar unerwartete Funken entlockt. Daraus ein neues Feuerwerk zu entfachen, wenn einer sechzig Jahre auf dem Buckel hat und sich für einen «Mann im besten Alter» hält. «Sieh mich an!» ... Männer sind manchmal dumm.

Im Badezimmer läßt sie das warme Wasser laufen, reibt sich mit dem Roßhaarhandschuh ab, steckt ihren alten Körper in ein Leinenkleid, sieht sich prüfend an. Von vorn ist sie fast vierzig, ein Charakterkopf. Von der Seite gleich zehn Jahre jünger. Ihr Rücken ist straff, ihre Arme auch. Hanteln eine halbe Stunde am Tag seit, seit langem, das ist um einiges wirksamer als die Null-Prozent-Magerstufe.

Der Bauch, ihrer, ist flach, ob sie die Luft anhält oder nicht. Was die Haare angeht, braucht sie sich nicht zu beklagen, die Mähne ist treu zur Stelle, mit fahlen Haaren hier und da, die sie immer gehabt hat.

d'âme. Et puis elle aura toujours plus de cheveux que lui.

Séduire ne l'intéresse plus vraiment. De temps à autre, elle se penche sur une bouche assoiffée. A vingt ans, en face, *ils* boiraient n'importe quoi ! Elle est bien placée pour le savoir. Et puis c'est elle qu'elle abreuve, et la soif ne dure pas. Pas chez elle. Quand elle réfléchit à ce qui l'intéresse, elle pense, *plus rien*...

Les lettres sont étonnantes. Passionnées, brutales, vindicatives. Cette fille répète sans arrêt, débarrasse-toi d'elle. Elle s'accroche ? Fous-la dehors, tue-la. D'après ce que tu me dis, elle est capable de tout. Tu penses, l'argent est de ton côté !

Elle réfléchit, à qui est l'argent au fait ? Si Pierre s'en va... oui, si Pierre s'en va, l'argent s'en va.

Et sa maison, la maison de Camille... elle continue sa lecture, rends-toi compte, si tu ne réussis pas à la mettre dans son tort, elle aura la moitié de tout, et tu devras vendre la maison ! Je veux la maison, tu m'entends ?

Depuis combien de temps cette gamine pousse-t-elle Pierre au meurtre ? Sur un billet plus récent, ça se précipite. Il va falloir te décider, précise l'autre, combien de temps crois-tu que je vais attendre ? Tu me dis qu'elle boit, mets de l'alcool méthylique dans son scotch, un peu tous les jours, et dans six mois, elle est aveugle ou dingue. On l'internera, puisque la tuer te répugne. Essaie au moins, pour nous. Ce serait simple. La tuer serait plus humain, tu sais... que ne sait-on à la place des autres ?

A midi, Pierre téléphone. Il sera très en retard, dîne sans moi, j'aurai mangé. Comme d'habitude, ce travail les tient, ils feront monter des sandwiches.

Tout, plutôt que rentrer de bonne heure.

Nichts, was einem die Laune verdirbt. Übrigens wird sie immer mehr Haare haben als er.

Das Verführen reizt sie eigentlich nicht mehr. Von Zeit zu Zeit beugt sie sich über einen dürstenden Mund. Mit einer Zwanzigjährigen vor Augen würden Männer alles trinken! Sie weiß, wovon sie spricht. Und außerdem ist es ihr eigener Durst, den sie stillt, und der Durst hält nicht an. Nicht bei ihr. Wenn sie darüber nachdenkt, was sie noch reizt, denkt sie: nichts mehr...

Die Briefe sind erstaunlich. Leidenschaftlich, brutal, rachsüchtig. Dieses Mädchen wiederholt ohne Unterlaß: Werde sie los! Klammert sie sich an Dich? Schmeiß sie raus, bring sie um. Nach dem, was Du mir sagst, ist sie zu allem fähig. Klar, das Geld ist ja bei Dir!

Sie überlegt: Wem gehört das Geld eigentlich? Wenn Pierre geht ... ja, wenn Pierre geht, geht das Geld.

Und das Haus, das Haus von Camille... Sie liest weiter: Denk daran, wenn Du es nicht schaffst, sie ins Unrecht zu setzen, bekommt sie die Hälfte von allem, und Du mußt das Haus verkaufen! Ich will das Haus, hörst Du?

Wie lange schon drängt diese Göre Pierre zum Mord? Auf einer neueren Karte überstürzt es sich. Du mußt Dich entscheiden, verlangt die Andere; wie lange, glaubst Du, sehe ich das noch mit an? Du sagst mir, daß sie trinkt; schütte ihr Methylalkohol in den Scotch, jeden Tag ein bißchen, und in sechs Monaten ist sie blind oder verblödet. Man wird sie einsperren, wenn es Dir schon widerstrebt, sie zu töten. Versuch es mindestens, für uns. Es wäre so einfach. Sie zu töten wäre menschlicher, weißt Du... Was weiß man nicht alles anstelle anderer?

Mittags ruft Pierre an. Er wird sehr spät kommen, iß ohne mich zu Abend, ich werde gegessen haben. Wie immer hält die Arbeit sie fest, sie werden sich Brötchen bringen lassen.

Alles lieber als früh heimkommen.

La fille s'appelle Samantha. Mannequin ou théâtreuse. Pas une vedette. Les vedettes s'appellent Jeanne ou Michelle, comme tout le monde. On prend un nom de star quand on n'est pas l'étoile polaire!

L'écriture, grande et brouillonne, cache ses fautes d'orthographe dans des fioritures.

Parfois, à *la* préoccupation essentielle, se mêlent des encouragements érotiques, viens, dis-moi que tu bandes quand tu penses à moi, viens donc, je te ferai les pétales de roses. Viens, as-tu décidé quelque chose? Je te sucerai...

Elle replie les lettres, elle pense à la «décision» de Pierre. Depuis quelque temps, il tourne autour du pot, tu devrais reprendre un travail, ma chère, imagine que je meure, que feras-tu? Les affaires ne sont pas si bonnes... Quand lui a-t-il dit cela?

Elle pense à mille craintes qu'elle croyait mortes. Ces vieilles lettres, pourquoi les garde-t-il, oui, pourquoi? De quoi a-t-il peur? Elle ne s'en servira pas, elle le laissera partir. La maison n'est pas à eux mais à elle, à elle toute seule maintenant, elle y a veillé! Quant à l'argent... Pierre gagne de l'argent, cela ne suffit plus pour deux? Pour elle et pour... mais elle délire, il n'y a *plus* de femmes, plus d'amours dans la vie de Pierre.

Quand il rentre, la bouche lasse, les traits creux, elle l'attend, paisible. Elle a réfléchi, envisagé, pesé, fomenté. Les habitudes ne se perdent pas. Elle fume dans le salon, face au feu. Derrière elle, une petite chatte rousse aux yeux verts.

– Qu'est-ce que c'est que cette bête?

Elle l'a trouvée sur la route, elle est très belle, tu ne trouves pas? et très propre. Elle ne te gênera pas. Quand tu courras le monde à nouveau, elle me fera de la compagnie.

Il hausse les épaules, va chercher une aile de

Das Mädchen heißt Samantha. Mannequin oder unbegabte Schauspielerin. Kein Star. Stars heißen Jeanne oder Michelle, wie alle. Man legt sich einen Starnamen zu, wenn man nicht selber der Polarstern ist!

Die Schrift, groß und wirr, verbirgt die Rechtschreibfehler in Schnörkeln.

Manchmal mischen sich erotische Ermunterungen unter die Hauptsorge. Komm, sag mir, daß Du einen Steifen kriegst, wenn Du an mich denkst, komm schon, ich werde Dir eine Rosette zaubern. Komm, hast Du Dich entschieden? Ich werde Dich lutschen...

Sie faltet die Briefe wieder zusammen, denkt an Pierres «Entscheidung». Seit einiger Zeit kreist er um den heißen Brei. Du solltest wieder arbeiten gehen, meine Liebe, stell dir vor, ich sterbe, was tust du dann? Die Geschäfte laufen nicht so gut... Wann hat er ihr das gesagt?

Sie denkt an tausend Ängste, die sie für tot gehalten hatte. Diese alten Briefe, warum hebt er sie auf, warum? Wovor hat er Angst? Nun, sie wird sie nicht benutzen, sie wird ihn gehen lassen. Das Haus gehört nicht ihnen, sondern ihr, jetzt ihr ganz allein, das hat sie durchgesetzt! Was das Geld betrifft... Pierre verdient – reicht das nicht mehr für zwei? Für sie und für ... aber sie phantasiert, es gibt keine Frauen mehr, keine Liebschaften mehr in Pierres Leben.

Wie er heimkommt, mit müdem Mund und eingefallenen Zügen, erwartet sie ihn, friedlich. Sie hat nachgedacht, überlegt, abgewogen, geschürt. Angewohnheiten verliert man nicht. Sie raucht im Wohnzimmer, vor dem Kamin. Hinter ihr eine kleine rötliche Katze mit grünen Augen.

«Was ist das für ein Tier?»

Sie hat sie auf der Straße gefunden. Sie ist sehr schön, findest du nicht? Und sehr sauber. Sie wird dich nicht stören. Wenn du dich wieder in der Weltgeschichte herumtreibst, wird sie mir Gesellschaft leisten.

Er zuckt mit den Schultern, holt einen Hähnchenflügel

poulet dans le réfrigérateur, finalement, il n'a pas mangé. Il observe l'animal qui l'observe aussi, de ses yeux mobiles et froids. Elle a un nom, cette chatte ?

– Je l'appelle l'*autre* . . .

Il se fige. Son épouse se lève, il remarque tout à coup les grandes mains dangereuses au bout des bras puissants, le glissement souple des cuisses sous la longue jupe. Elle passe devant lui, elle crie de la cuisine, tu veux de la tarte Tatin ? J'ai pris les dernières Calville qui racornissaient dans le grenier. Maintenant, il va falloir acheter des Golden et ce sera moins bon.

Les dernières Calville, la dernière heure, le dernier désir . . . c'est vrai, les saisons se terminent.

Elle revient avec deux assiettes. La chatte saute sur le guéridon et renifle.

Ils mangent, sans se regarder. Elle dit, tu te souviens des vieilleries du grand-père, dans le grenier ? J'ai fait venir le brocanteur, il a tout pris. Pour trois fois rien, comme d'habitude, mais ça paiera le menuisier, j'ai envie d'aménager une pièce sous les combles.

Il mâche, lentement. La chatte s'est coulée contre lui et il ne la chasse pas. Dehors, il pleut toujours. Elle dit en détachant les mots, je voudrais avoir une chambre à moi.

Il a du mal à articuler, il n'a pas vraiment entendu, j'aimais bien ces meubles . . .

– Oui ?

Il soupire, maintenant que c'est fait . . . le feu s'épuise un peu et la petite chatte ronronne.

Pierre ne voit pas sa femme, il la devine. Elle est debout le long de la fenêtre, elle ne parle pas. Presque à bouche fermée, elle murmure qu'elle ne se méfie pas de lui, je sais bien que tu ne paieras plus ce prix-là. Si tu aimais peut-être. Mais tu

aus dem Kühlschrank, letzten Endes hat er doch nicht gegessen. Er beobachtet das Tier, das ihn ebenfalls mit seinen beweglichen und kalten Augen beobachtet. Hat sie einen Namen, diese Katze?

«Ich nenne sie die Andere...»

Er erstarrt. Seine Frau steht auf. Er bemerkt auf einmal die großen, gefährlichen Hände am Ende ihrer kräftigen Arme, das geschmeidige Gleiten der Schenkel unter dem langen Rock. Sie geht an ihm vorbei, sie ruft aus der Küche: Möchtest du Apfelkuchen? Ich habe die letzten Calville genommen, die auf dem Dachboden schrumpelten. Jetzt werden wir Golden Delicious kaufen müssen, und das schmeckt nicht mehr so gut.

Die letzten Calville, die letzte Stunde, das letzte Begehren ... es stimmt, die Zeit geht zuende.

Sie kommt mit zwei Tellern zurück. Die Katze springt auf das Tischchen und schnuppert.

Sie essen, ohne sich anzusehen. Sie sagt: Erinnerst du dich an den alten Plunder vom Großvater, auf dem Dachboden? Ich habe den Trödler kommen lassen, er hat alles mitgenommen. Für fast nichts, wie üblich, aber es wird für den Tischler reichen: Ich habe Lust, mir unter dem Dach ein Zimmer einzurichten.

Er kaut, langsam. Die Katze hat sich an ihn geschmiegt, und er verscheucht sie nicht. Draußen regnet es immer noch. Sie sagt, und betont dabei jedes Wort: Ich möchte ein Zimmer für mich haben.

Es fällt ihm schwer zu sprechen, er hat nicht richtig gehört, er mochte diese Möbel gern...

«Ja?»

Er seufzt, da es nun einmal passiert ist ... das Feuer wird etwas schwächer, und das Kätzchen schnurrt.

Pierre sieht seine Frau nicht, er ahnt sie. Sie steht am Fenster, sie redet nicht. Mit fast geschlossenem Mund murmelt sie, daß sie keine Angst vor ihm hat. Ich weiß genau, daß du diesen Preis nicht mehr zahlen wirst. Wenn du lieben würdest, vielleicht. Aber du liebst nicht, nie-

n'aimes pas, on n'aime pas quelqu'un qui s'appelle Samantha et vous appâte avec des feuilles de roses... Tu ne m'as pas épousée pour les prouesses de ma langue, non? Tu m'as épousée pour la jeunesse que je t'apportais. On te veut pour les mêmes raisons que moi, tu es doré sur tranche, et c'est pour cela que je suis tranquille, tu connais la musique, maintenant, du moins je l'espère.

Elle le regarde avec des yeux un peu fous.

Pierre ne répond pas, il caresse la chatoune qui offre son ventre soyeux avec des roucoulis. Samantha... tout le monde se ment, un jour ou l'autre, c'est pour cela qu'il a gardé les lettres. Parce qu'après tout, les certitudes négatives sont les seules vraies. La souffrance aussi est vraie. Toutes les femmes se ressemblent après vingt ans de mariage. Il avait cru refaire sa vie, il a refait le même parcours.

Elle passe devant lui, elle sort, il l'entend fermer les volets, chasser le chien des fermiers. Le bâtard vient rôder tous les soirs, amoureux des lumières, amoureux d'autre chose. Qui ne l'est?

Quand elle rentre, ils se croisent dans le vestibule. Il voit dans ce visage connu les yeux froids, les yeux durs qu'il a trop aimés un jour. Il devine qu'elle va délirer à nouveau, il pose une main rapide sur la gorge encore belle, tais-toi, c'est fini. Tout est fini, pour toi comme pour moi.

Il s'éloigne. C'est elle qu'il aurait dû détruire, il y a quinze ans, avant qu'elle ne devienne comme la première, une épouse dont on se lasse. Au fond, ce ne sont pas les jeunes maîtresses qu'on aime, mais un reflet de son adolescence perdue dans leurs yeux «innocents». Et ces yeux-là vieillissent, eux aussi. Il grimpe lourdement, le grenier est vide, pour une fois elle n'a pas menti.

Elle a eu tout ce qu'elle voulait, à commencer

mand liebt ein Mädchen, das Samantha heißt und mit Rosetten lockt. Du hast mich nicht wegen meiner Zungenwundertaten geheiratet, oder? Du hast mich wegen der Jugend geheiratet, die ich dir brachte.

Jetzt will dich jemand aus den gleichen Gründen wie ich damals, du bist eine gute Partie. Darum bin ich beruhigt, du kennst die Leier, wenigstens hoffe ich das.

Sie schaut ihn mit etwas irren Augen an.

Pierre antwortet nicht, er streichelt die Katze, die schnurrend ihren seidigen Bauch zeigt. Samantha ... alle lügen früher oder später, darum hat er die Briefe aufbewahrt. Letzten Endes sind die negativen Gewißheiten die einzig wahren. Auch das Leid ist wahr. Nach zwanzig Jahren Ehe sind alle Frauen gleich. Er hatte geglaubt, ein neues Leben zu beginnen und hat wieder den gleichen Weg genommen.

Sie geht an ihm vorbei, geht hinaus, er hört sie die Fensterläden schließen, den Hund der Bauern wegjagen. Der Bastard kommt jeden Abend und streunt herum, verliebt in die Lichter, verliebt in das Andere. Wer ist das nicht?

Sie kommt zurück, sie begegnen sich im Flur. Er sieht in diesem bekannten Gesicht die kalten Augen, die harten Augen, die er einmal zu sehr geliebt hat. Er ahnt, daß sie wieder phantasieren wird, er legt eine schnelle Hand auf ihren noch schönen Hals. Halt den Mund, es ist vorbei. Alles ist vorbei, für dich wie für mich.

Er geht hinaus. Sie ist es, die er hätte zerstören sollen, vor fünfzehn Jahren, bevor sie wurde wie die erste: eine Ehefrau, derer man müde wird. In Wahrheit liebt man nicht die jungen Geliebten, sondern den Widerschein der eigenen verlorenen Jugend in ihren «unschuldigen» Augen. Doch auch diese Augen werden älter. Er steigt mühsam hinauf, der Dachboden ist leer, dies eine Mal hat sie nicht gelogen.

Sie hat alles gehabt, was sie wollte, angefangen mit dem

par la maison, c'est toujours la maison qui attire les femmes chez un homme sans séduction, la maison et . . . il ricane. La maison est tellement la sienne à présent qu'elle revendique Camille, Paul, son passé à lui comme s'il lui appartenait avec les murs. Elle revendique l'autre aussi, celle qu'ils ont tuée.

Il redescend, il prend le révolver dans le tiroir de son bureau, il retourne dans le salon, il tire.

Il entend les pas précipités derrière lui. Sa femme, les pieds nus, à demi déshabillée, regarde avec horreur la chatte dans son sang. Est-ce qu'elle entend ce qu'il dit?

« Tu n'auras jamais que moi pour te désennuyer, Samantha, il va falloir t'y faire. Tu n'auras pas non plus de chambre à toi. Moi, je n'ai plus personne, c'est la vérité. Il n'y aura plus personne, je suis trop vieux. Mais pour toi aussi, il n'y aura personne d'autre, pas même une chatte. »

Et ils s'abîment dans des coups et des cris, parce qu'il n'y a plus que cela qui les aide à se supporter. Le crime ne paie pas.

Haus, es ist immer das Haus, das die Frauen bei einem reizlosen Mann anzieht, das Haus und . . . er lacht hämisch. Das Haus gehört jetzt so sehr ihr, daß sie Camille und Paul einfordert, seine Vergangenheit, als gehöre sie ihr zusammen mit den Mauern. Sie fordert auch die Andere, die, die sie getötet haben.

Er geht wieder hinunter, er nimmt den Revolver aus der Schublade seines Schreibtisches, geht wieder ins Wohnzimmer, schießt.

Er hört die eiligen Schritte hinter sich. Seine Frau, barfuß, halb ausgezogen, sieht entsetzt auf die Katze in ihrem Blut. Hört sie, was er sagt?

«Du wirst außer mir niemanden mehr haben, dir die Langeweile zu vertreiben, Samantha, daran mußt du dich gewöhnen. Du wirst auch kein Zimmer für dich haben. Ich habe auch niemanden mehr, das ist wahr. Es wird niemanden mehr geben, ich bin zu alt. Aber auch für dich wird es niemand anderen mehr geben, nicht einmal eine Katze.»

Und sie versinken in Schlägen und Schreien, weil nur das ihnen noch hilft, sich zu ertragen. Das Verbrechen lohnt sich nicht.

L'homme se tenait devant le couple, la main gauche sur le bouton de la porte du jardin. Son regard presque suppliant voletait du visage de Raymond à celui de Suzanne comme un oiseau affolé qui n'aurait su où se poser.

— Ecoutez, cet endroit me plaît. Je voudrais être sûr... Si quelqu'un vous faisait une offre supérieure, n'acceptez pas tout de suite. Prévenez-moi. Je pourrais essayer de m'arranger. J'ai votre parole?

— Je viens de vous la donner. Je n'en ai pas trente-six, dit Raymond de sa voix de basse paisible.

— Ah bon, bon! Alors je peux compter sur vous lundi, chez le notaire?

— Vous pouvez.

L'homme parut rassuré. Il leur serra maladroitement la main, puis, sans se retourner, il ouvrit la porte et sortit à reculons.

— Alors à lundi?

— A lundi, dix heures du matin, chez le notaire. C'est entendu!

— Ah bien, bien! Je suis content! A lundi!

Il se décida enfin à leur tourner le dos. Il gagna sa voiture d'un pas un peu trop rapide, comme s'il s'enfuyait. A l'instant d'ouvrir la portière, il dut chercher longuement les clés dans ses poches avant de les trouver. Quand il eut mis la main dessus il les brandit pour les leur montrer, avec un sourire confus et un peu niais.

Raymond et Suzanne lui rendirent son sourire en hochant la tête.

— Quel drôle d'oiseau! dit Suzanne en fermant la porte.

Georges-Olivier Châteaureynaud
Das Grundstück

Der Mann stand vor dem Paar, die linke Hand auf dem
Knauf des Gartentors. Sein fast flehender Blick flatterte
von Raymonds Gesicht zu dem Suzannes wie ein ver-
ängstigter Vogel, der überhaupt nicht weiß, wo er sich
niederlassen könnte.

«Hören Sie, dieser Ort gefällt mir. Ich wäre gern sicher... Sollte Ihnen jemand ein besseres Angebot machen, nehmen Sie nicht sofort an. Benachrichtigen Sie
mich. Ich könnte versuchen, mich darauf einzustellen.
Habe ich Ihr Wort?»

«Ich habe es Ihnen doch gerade gegeben. Ich habe
schließlich nur eins», sagte Raymond mit seiner fried-
lichen Baß-Stimme.

«Ach ja, ja! Also kann ich mich auf Sie verlassen,
Montag, beim Notar?»

«Sie können.»

Der Mann schien beruhigt. Er drückte ihnen ungeschickt die Hand, dann öffnete er, ohne sich umzudrehen,
das Tor und ging rückwärts hinaus.

«Also bis Montag?»

«Bis Montag, zehn Uhr morgens, beim Notar. Es bleibt
dabei!»

«Gut, gut! Ich freue mich! Bis Montag!»

Endlich entschloß er sich, ihnen den Rücken zuzukeh-
ren. Er ging etwas zu schnellen Schrittes zu seinem Wagen, so als flöhe er. Als er die Tür aufschließen wollte,
mußte er lange seine Schlüssel in den Taschen suchen,
bevor er sie fand. Als er sie hatte, hielt er sie hoch, um
sie ihnen zu zeigen, mit einem verwirrten und etwas ein-
fältigen Lächeln.

Raymond und Suzanne erwiderten sein Lächeln und
schüttelten den Kopf.

«Ein komischer Kauz!» sagte Suzanne, als sie die Tür
schloß.

— C'est un timide, dit Raymond.

— Tout de même, c'est triste, à son âge, de se conduire comme un enfant. Quel âge il peut bien avoir, cet homme? Trente-cinq, quarante?

— Il fait bien quarante. La timidité, ça ne guérit jamais vraiment. C'est trop profond dans l'être. Bah! Je crois que l'affaire est faite. Tu as vu comment il a tout regardé? Le jardin, la maison...

— Le jardin, surtout. Avec une sorte d'avidité. C'en était presque gênant. Je me souviens, un jour, j'ai vu un homme regarder une femme comme ça, dans un bal, à la campagne. C'était l'idiot du village, probablement. Elle, elle était très jeune, bien faite, très décolletée, avec des lèvres épaisses, rouges, rouges! Tu aurais cru qu'elle venait de mordre quelqu'un!... Et lui, le malheureux, les yeux exorbités, il tournait autour d'elle en dansant d'un pied sur l'autre et en jappant à petits coups, comme un chiot.

Raymond leva les yeux au ciel.

— Tu exagères toujours! Ce monsieur ne s'est pas dandiné, il n'a pas jappé en regardant tes plates-bandes et mes espaliers!

— Bien sûr que non, dit Suzanne, mais dans son regard, je te jure, Raymond, dans son regard, il y avait une lueur; c'était la même.

— Tu es folle, c'est simple. Tu es une vieille fofolle! Allez, va donc préparer la soupe pour ton vieux fou. J'ai encore un peu de travail au potager.

Ils s'arrêtèrent et se dévisagèrent avec tendresse dans l'ombre du cerisier.

— C'est vrai, tu crois? On est des vieux fous, ça y est?

Raymond tendit la main et caressa la joue ridée de Suzanne.

— Je crois que ça y est. Mon Dieu, comme ça va

«Er ist schüchtern», sagte Raymond.

«Trotzdem, es ist traurig, sich in seinem Alter wie ein Kind zu benehmen. Wie alt mag er wohl sein, dieser Mann? Fünfunddreißig, vierzig?»

«Er sieht aus wie vierzig. Schüchternheit heilt niemals ganz. Das steckt zu tief im Wesen drin. Uff! Ich glaube, das Geschäft ist gemacht. Hast du gesehen, wie er alles angesehen hat? Den Garten, das Haus...»

«Den Garten, vor allem. Mit einer Art Gier. Das war fast unangenehm. Ich weiß noch, einmal habe ich einen Mann eine Frau so anschauen sehen, auf einem Ball, auf dem Land. Es war wahrscheinlich der Dorftrottel. Sie, sie war sehr jung, gut gebaut, mit sehr tiefem Ausschnitt und vollen, roten, roten Lippen! Man hätte meinen können, sie hätte gerade jemanden gebissen!... Und er, der Unglückliche – mit weit aufgerissenen Augen drehte er sich um sie herum, und dabei tanzte er von einem Bein auf das andere und kläffte in kleinen Stößen wie ein junger Hund.»

Raymond hob die Augen zum Himmel.

«Du übertreibst immer! Dieser Herr hat nicht geschwankt, er hat nicht gekläfft, als er deine Beete und meine Spalierbäume gesehen hat.»

«Natürlich nicht», sagte Suzanne, «aber in seinem Blick, ich schwöre dir, Raymond, in seinem Blick war ein Leuchten; das war das gleiche.»

«Du bist verrückt, das ist ganz einfach. Du bist eine alte, kleine Verrückte! Auf, nun geh und mach deinem alten Verrückten was zu essen. Ich habe noch ein wenig Arbeit im Gemüsegarten.»

Sie blieben stehen und sahen sich im Schatten des Kirschbaums zärtlich an.

«Meinst du wirklich? Sind wir alte Verrückte, ist es schon so weit?»

Raymond streckte die Hand aus und streichelte Suzannes faltige Wange.

«Ich glaube, es ist so weit. Mein Gott, wie schnell das

vite ! Mais ça ne fait rien, hein ? On est bien comme on est.

Elle lui caressa la joue à son tour. Une joue ridée, elle aussi, hérissée de courts poils blancs.

— Tu aurais pu te raser pour le recevoir. C'est vrai, ça y est, on est vieux. Le temps est compté, désormais. Compté par quelqu'un. Ce monsieur va attendre. On en a déjà parlé, je sais, mais ça m'effraye un peu.

Raymond haussa les épaules.

— Il attendra. Il est jeune.

Je les ai vus. Je leur ai parlé. Nous sommes tombés d'accord sur le bouquet et sur la rente. Nous avons rendez-vous lundi chez le notaire, à dix heures.

J'ai commis une erreur, à la fin. Je leur ai dit que j'étais prêt à suivre, si quelqu'un leur proposait plus. Je me suis mis entre leurs mains. Après cela, s'ils voulaient m'extorquer quelques millions, il leur suffirait de prétendre... Je n'aurais plus qu'à m'incliner, et à payer. C'était stupide de ma part, mais j'avais si peur ! J'ai attendu cet instant toute ma vie. Presque toute ma vie. Mais non, non, ils ne sont pas comme ça, je ne peux pas le croire. Ils ne feraient pas ça. Pas à moi. Pas à moi ? Pourquoi, pas à moi ? Ils ne me connaissent ni d'Eve ni d'Adam. Ni d'Eve ni d'Adam... Tiens, c'est comme ça que je les appelais, dans ma tête, autrefois. Plus tard, beaucoup plus tard, j'ai appris leur véritable nom. Je les apercevais dans le jardin, l'été, depuis le trottoir, à travers les branches des poiriers plantés en espaliers contre le muret, lui en manches de chemise, lent, silencieux, binant, sarclant, portant des arrosoirs, elle en petite robe de cotonnade, un chapeau de paille effrangé sur la tête, toujours un sécateur à la main et une chan-

geht! Aber das macht nichts, oder? Uns geht es gut, so wie wir sind.»

Jetzt streichelte sie ihm die Wange. Eine faltige Wange, auch sie, voller kurzer, weißer Stoppeln.

«Du hättest dich ruhig rasieren können, um ihn zu begrüßen. Es stimmt, es ist so weit, wir sind alt. Jetzt sind die Stunden gezählt. Von irgendjemand gezählt. Dieser Herr wird warten. Wir haben schon darüber geredet, ich weiß, aber das macht mir ein bißchen Angst.»

Raymond zuckte mit den Schultern.

«Er wird warten. Er ist jung.»

Ich habe sie gesehen. Ich habe mit ihnen gesprochen. Wir sind uns über den Preis und die Rente einig geworden. Wir haben am Montag eine Verabredung beim Notar, um zehn Uhr.

Ich habe einen Fehler gemacht, am Schluß. Ich habe ihnen gesagt, ich sei bereit nachzuziehen, wenn jemand mehr böte. Ich habe mich in ihre Hände begeben. Wenn sie jetzt ein paar Millionen aus mir herauspressen wollten, müßten sie nur behaupten... Ich könnte mich nur noch beugen, und zahlen. Das war dumm von mir, aber ich hatte solche Angst. Ich habe das ganze Leben auf diesen Augenblick gewartet. Fast das ganze Leben. Aber nein, sie sind nicht so, das kann ich mir nicht vorstellen. Das würden sie nicht tun, würden sie mir nicht antun. Mir nicht? Wieso mir nicht? Sie kennen mich nicht, weder von Eva noch von Adam her. Eva, Adam ... Ach ja, so habe ich sie genannt, in meinem Kopf, damals. Erst viel später habe ich ihren richtigen Namen erfahren. Ich sah sie in ihrem Garten, im Sommer, vom Gehsteig aus, durch die Zweige der Birnbäume, die am Mäuerchen Spalier standen, ihn in Hemdsärmeln, langsam, ruhig, hackend, jätend, Gießkannen tragend, sie in einem kleinen Baumwollkleid, einen fransigen Strohhut auf dem Kopf, immer eine Gartenschere in der Hand und ein Lied auf den Lippen. Ich sagte mir: «Das sind Adam und Eva.»

son aux lèvres. Je me disais : «Voilà Adam et Eve».
Ils étaient beaux comme on peut imaginer que la
première femme et le premier homme l'ont
été. Pas forcément beaux comme des acteurs, mais
beaux. Lui, grand, puissamment bâti, un peu
lourd, même. Il a commencé à s'empâter assez tôt,
vers ses trente-cinq ans. Il est si grand qu'on s'en
rendait à peine compte, mais il a dû peser jusqu'à
cent kilos, à la cinquantaine. Depuis, il a maigri,
mais il se tient encore très droit. Elle, menue. Pas
osseuse, non ; de fines attaches, une chair légère,
judicieusement répartie. Aujourd'hui je les ai vus
de près pour la première fois. Même leurs rides
sont belles. Même les tendons qui saillent sur leurs
bras, à leur cou. Même les taches brunes sur le
dos de leurs mains. Ils sont comme ils doivent
être. Moralement aussi, j'en mettrais ma tête à
couper. De braves gens. Ils ne profiteront pas de
ma maladresse. S'ils me téléphonaient d'ici lundi pour m'annoncer qu'on leur a fait une offre plus
avantageuse, qu'il faut rallonger tant, je crois que
j'en mourrais. Pas à cause de l'argent. L'argent,
je m'en fiche. Mais cela signifierait que je me
suis trompé en les choisissant. Car je les ai choisis,
il y a maintenant trente-deux ans. J'ai choisi leur
jardin, leur petite maison basse, perdue au milieu des arbres, dans ce merveilleux, cet harmo-
nieux fouillis de fleurs et de feuilles, de branches
où pépient des mésanges. J'avais huit ans. J'étais
pensionnaire à Sainte-Croix, à trois rues de chez
eux. Le mardi, en allant au stade, le jeudi, en
allant au bois, nous longions la grille du jardin.
C'est ainsi que je les ai vus, un matin de prin-
temps, côte à côte sous le cerisier. Ils ont regardé passer notre colonne de petits relégués. J'étais
au dernier rang, comme toujours. Je devais traî-
ner la patte, ou bien j'avais l'air perdu, ou bien

Sie waren schön, wie man sich vorstellen kann, daß es der erste Mann und die erste Frau waren. Nicht unbedingt schön wie Schauspieler, aber schön. Er groß, kräftig gebaut, ein bißchen schwer sogar. Hat recht früh angefangen, in die Breite zu gehen, so um die fünfunddreißig. Er ist so groß, daß man das kaum merkte, muß aber fast hundert Kilo gewogen haben, als er fünfzig war. Seitdem hat er abgenommen, aber er hält sich immer noch sehr gerade. Sie: zierlich. Nicht knochig, nein, feine Glieder, leichtes Fleisch, sinnvoll verteilt. Heute habe ich sie zum ersten Mal von nahem gesehen. Sogar ihre Falten sind schön. Sogar die Sehnen, die auf ihren Armen und an ihrem Hals hervortreten. Sogar die braunen Flecken auf ihren Handrücken. Sie sind, wie sie sein müssen. Auch innerlich, dafür wette ich meinen Kopf. Anständige Leute. Sie werden meine Ungeschicklichkeit nicht ausnutzen. Wenn sie bis Montag anriefen, um mir zu sagen, daß man ihnen ein günstigeres Angebot gemacht hat, daß ich um soundsoviel erhöhen muß – ich glaube, ich würde daran sterben. Nicht wegen des Geldes. Das Geld ist mir egal. Aber das würde bedeuten, daß ich mich getäuscht habe, als ich sie erwählte. Denn ich habe sie erwählt, vor nun zweiunddreißig Jahren. Ich habe ihren Garten erwählt, ihr kleines, niedriges Haus, zwischen Bäumen versteckt, in diesem wunderbaren, diesem harmonischen Wirrwarr von Blumen und Blättern, Ästen, in denen die Meisen zwitschern. Ich war acht Jahre alt. Ich war Internatsschüler im Sainte-Croix, drei Straßen weiter. Dienstags auf dem Weg zum Sportplatz, donnerstags auf dem Weg in den Wald, gingen wir am Gartenzaun entlang. So habe ich sie gesehen, an einem Frühlingsmorgen, Seite an Seite unter dem Kirschbaum. Sie haben zugeschaut, wie unsere Kolonne kleiner Verstoßener vorüberzog. Ich war ganz hinten, wie immer. Ich muß mit den Füßen geschlurft oder einen verlorenen Eindruck gemacht haben, oder ich war der einzige, der sie mit den Augen verschlang, sie und

j'étais le seul à les dévorer des yeux, eux et leur jardin. Nos regards se sont croisés. Ils m'ont souri. J'en ai été si surpris, si inondé de chaleur, que je leur ai souri à retardement. Je me suis retourné pour leur montrer que je leur rendais leur sourire au centuple, et j'ai donné de la joue contre le dos de Perrein, mon copain Perrein, qui me précédait à l'avant-dernier rang, parce que la colonne s'était arrêtée au bord du trottoir, au signal de l'abbé. S'ils m'avaient suivi des yeux, ils ont dû rire. C'est ce jour-là que je les ai choisis pour toujours. Ils n'en ont jamais rien su, ils n'en sauront jamais rien.

— Si ça lui plaît tant que ça, ici, il n'abattra pas la maison pour en construire une autre. Tu as vu ? Il n'a pas d'alliance.

— De nos jours, ça ne signifie rien, dit Suzanne sans lever les yeux de son livre.

— Tu as raison. Mais enfin ça lui plaît, et s'il n'a pas d'enfants la maison peut lui suffire comme elle nous a suffi. Je n'aimerais pas qu'on la rase, ni qu'on coupe les arbres...

— Qu'est-ce que ça pourrait bien te faire ? On serait morts. Rien ne dure, tu sais ? Si, les châteaux, les ministères, les demeures classées, quelques grandes maisons bourgeoises. Mais des taupinières comme la nôtre... Dans une banlieue un peu courue, qui plus est ! Maintenant, les gens veulent de grosses villas avec des baies partout et de la pelouse autour. Au prix qu'atteindra le terrain quand il sera à lui, un promoteur lui proposera la botte, et il finira par vendre. N'y pense plus, notre junglette durera bien aussi longtemps que nous !

— N'empêche. J'aimerais qu'elle dure un peu plus que nous. Vingt, trente ans, mettons. Le temps qu'on s'éloigne à petits pas.

ihren Garten. Unsere Blicke haben sich gekreuzt. Sie haben mir zugelächelt. Ich war davon so überrascht, so von Wärme durchflutet, daß ich ihnen erst hinterher zugelächelt habe. Ich habe mich umgedreht, um ihnen zu zeigen, daß ich ihnen das Lächeln hundertfach zurückgab, und bin mit der Wange gegen den Rücken von Perrein gestoßen, von meinem Kumpel Perrein, der vor mir an vorletzter Stelle ging; denn die Kolonne hatte auf ein Zeichen des Abtes am Gehsteigrand angehalten. Wenn sie mir mit den Augen gefolgt waren, müssen sie gelacht haben. An jenem Tag habe ich sie für immer erwählt. Sie haben nichts davon gewußt, sie werden es nie erfahren.

«Wenn es ihm hier so gut gefällt, wird er das Haus nicht abreißen lassen, um ein anderes zu bauen. Hast du gesehen? Er hat keinen Ehering.»

«Heutzutage hat das nichts zu sagen», sagte Suzanne, ohne die Augen von ihrem Buch zu heben.

«Du hast recht. Aber sei's drum, das Haus gefällt ihm, und wenn er keine Kinder hat, kann es ihm genügen, wie es uns genügt hat. Ich möchte nicht, daß man es abreißt, oder daß man die Bäume fällt...»

«Was kann dir das schon anhaben? Wir werden tot sein. Schließlich hält nichts ewig. Ja, die Schlösser, die Ministerien, die Häuser unter Denkmalschutz, einige große Bürgerhäuser. Aber solche Maulwurfshügel wie unserer... Noch dazu in einem so beliebten Vorort! Jetzt wollen die Leute große Villen haben mit Fenstern überall und Rasen drumherum. Bei dem Preis, den das Grundstück erzielen wird, wenn es ihm gehört, wird ihm ein Baulöwe den Trumpf bieten, und schließlich wird er verkaufen. Denk nicht mehr daran, so lange wie wir wird unser kleiner Dschungel schon noch leben!»

«Trotzdem. Ich möchte gern, daß er ein bißchen länger lebt als wir. Zwanzig, dreißig Jahre zum Beispiel. Solange man sich mit kleinen Schritten entfernt.»

– Qu'on s'éloigne? Qu'on s'éloigne de quoi?

– De la vie. De la maison. Du jardin. Ou qu'on s'en détache. Que le bulldozer ne nous arrache pas le cœur, un autre cœur, en arrachant le cerisier.

Suzanne ferma son livre.

– Tu es sûr que tu n'as pas pris froid? La dernière fois que tu as fait ton poète, tu couvais la grippe.

– Je vais très bien. Je pense à tout ça, je pense à lui, c'est tout.

– Laisse donc. Lui, il va penser à nous souvent. Pour s'impatienter.

– Tu crois? Il a l'air gentil...

– Je n'en sais rien. Je dis ça comme ça. Allez, j'éteins, on dort. Rendez-vous devant le casino.

– D'accord. Tu mets une robe du soir, on dansera sans doute.

– A quel âge me veux-tu?

– Je te prendrai comme tu seras.

– J'aurai vingt ans, toi trente. A tout de suite.

Au bois, je fuyais les jeux de piste, les rondes, les balles au priso. Je m'éloignais, mine de rien, et puis je me jetais dans un fourré. Enfin seul, enfin libre! Oh, je me donnais quand même de l'exercice! Je courais seul, droit devant moi, jusqu'à perdre haleine. J'ai feint de m'évader ainsi une fois par semaine, de ma septième à ma seizième année. Je revenais pour le goûter. Vanné, je m'effondrais au pied d'un arbre pour engloutir ma barre de chocolat et ma tranche de pain.

Le jeudi soir, dans mon lit de fer, je m'endormais le temps de compter jusqu'à trois. A quoi bon affronter la nuit, la faim, les fastidieux périls du monde réel? J'avais vécu bien assez d'aventures dans ma tête, en courant. J'avais rejoint

«Man sich entfernt? Sich von was entfernt?»

«Vom Leben. Vom Haus. Vom Garten. Oder daß man sich davon trennt. Daß uns der Bulldozer nicht das Herz ausreißt, noch ein Herz, wenn er den Kirschbaum ausreißt.»

Suzanne schloß ihr Buch.

«Bist du sicher, daß du dich nicht erkältest hast? Das letzte Mal, als du zum Dichten aufgelegt warst, hast du eine Grippe ausgebrütet.»

«Es geht mir sehr gut. Ich denke nur an all das, ich denke an ihn, mehr nicht.»

«Laß doch. Er, er wird oft an uns denken. Und dabei ungeduldig werden.»

«Glaubst du? Er sieht nett aus...»

«Weiß nicht. Ich meine nur. Jetzt mach ich das Licht aus, laß uns schlafen. Wir treffen uns vor dem Kasino.»

«Einverstanden. Zieh ein Abendkleid an, wir werden sicher tanzen.»

«Wie alt hättest du mich gern?»

«Ich nehme dich so, wie du sein wirst.»

«Ich bin zwanzig, du dreißig. Bis gleich.»

Im Wald floh ich vor den Schnitzeljagden, vor den Kreisspielen, vor Völkerball. Ich ging weg, als ob nichts wäre, und dann stürzte ich mich ins Gestrüpp. Endlich allein, endlich frei! Oh, ich verschaffte mir trotzdem Bewegung! Ich rannte allein, immer geradeaus, bis ich keine Luft mehr bekam. So habe ich jede Woche einmal Weglaufen gespielt, vom siebten bis zum sechzehnten Lebensjahr. Zur Kaffeezeit kam ich wieder zurück. Erschöpft sank ich unter einem Baum zusammen, um meinen Schokoladenriegel und meine Scheibe Brot zu verschlingen.

Donnerstagabends, in meinem Metallbett, schlief ich ein, bevor ich bis drei gezählt hatte. Wozu sollte ich mich der Nacht stellen, dem Hunger, den mühseligen Gefahren der Wirklichkeit? In meinem Kopf hatte ich schon genug Abenteuer erlebt, während ich rannte. Ich war zu mei-

mes parents d'élection, Adam et Eve, Raymond et Suzanne, au prix de mille dangers. J'avais traversé mers et déserts, j'avais escaladé des montagnes, j'avais été capturé en chemin par des gitans, des mohicans, des *bootleggers* et des voyous marxistes. J'avais beaucoup souffert, mais j'avais été récompensé de mes peines, quand, du haut d'une crête montagneuse, sur l'étroite plate-forme où j'avais livré mon ultime combat et terrassé à mains nues ma dernière douzaine d'adversaires, j'avais aperçu, au centre d'une plaine aride, l'oasis tant souhaitée. Comme un cabri, j'avais dévalé des hauteurs glacées.

J'étais tout de même couvert de blessures ! Dans la plaine, mes forces déclinant, je m'étais traîné en rampant vers le cabanon presque invisible entre les frondaisons. J'avais tendu mes mains tachées de boue et de sang vers la grille d'Eden, j'avais appelé, et ma voix mourante avait été entendue. Adam-Raymond avait posé son arrosoir, et Suzanne-Eve son sécateur, et ils avaient couru vers moi...

Des années durant, j'ai bercé ma solitude de ces rêveries répétitives. J'en étais presque arrivé à croire à la fable que j'avais forgée pour les étayer : j'étais vraiment le fils de ces gens, kidnappé à ma naissance pour des raisons obscures et confié à des étrangers. Je n'avais gardé de mes parents selon l'état civil qu'un souvenir imprécis, nauséeux, impossible à chérir. Des visages hébétés, des bruits de bouteilles entrechoquées, des cris, des larmes, du vin vomi sur un lino usé. Tout valait mieux que cette vérité-là.

A seize ans, je suis entré en apprentissage dans une petite imprimerie située dans une commune voisine. J'en suis aujourd'hui le directeur technique. Je peux dire que j'ai travaillé dur. J'ai eu

nen Wahleltern gelaufen, zu Adam und Eva, zu Raymond und Suzanne, um den Preis von tausend Gefahren. Hatte Meere und Wüsten durchquert, Berge bestiegen, war auf dem Weg von Zigeunern, von Indianern, von Alkoholschmugglern, von marxistischen Taugenichtsen gefangengenommen worden. Ich hatte viel gelitten, aber ich war für mein Leid entschädigt worden, wenn ich von der Höhe eines Bergrückens auf dem schmalen Plateau, wo ich meinen letzten Kampf geliefert und mit bloßen Händen das letzte Dutzend Gegner niedergemacht hatte, inmitten einer dürren Ebene die ersehnte Oase entdeckte. Wie eine junge Ziege war ich von den vereisten Höhen hinabgeeilt.

Dabei war ich voller Wunden! In der Ebene hatte ich mich, weil meine Kräfte nachließen, kriechend zu der Hütte geschleppt, die zwischen dem Laubwerk beinahe unsichtbar war. Ich hatte meine schlamm- und blutbefleckten Hände zum Tor von Eden hin ausgestreckt, ich hatte gerufen, und meine sterbende Stimme war gehört worden. Adam-Raymond hatte seine Gießkanne abgesetzt, Suzanne-Eva ihre Gartenschere hingelegt, und sie waren mir entgegengelaufen . . .

Jahre hindurch habe ich meine Einsamkeit mit diesen immer wiederkehrenden Träumereien hingehalten. Fast glaubte ich die Geschichte, die ich erfunden hatte, um sie zu untermauern: Ich war wirklich der Sohn dieser Leute, war aus ungeklärten Gründen bei der Geburt gekidnappt und Fremden übergeben worden. An meine amtlichen Eltern hatte ich nur eine vage Erinnerung, die Übelkeit verursachte und unmöglich in Ehren zu halten war. Stumpfe Gesichter, Lärm aneinanderstoßender Flaschen, Schreie, Tränen, erbrochener Wein auf abgenutztem Linoleum. Alles war besser als diese Wahrheit.

Mit sechzehn Jahren kam ich in einem Nachbarort bei einer kleinen Druckerei in die Lehre. Heute bin ich ihr technischer Leiter. Ich kann sagen, daß ich hart gearbeitet habe. Ich hatte sehr früh ein Lebensziel. Häuser – so etwas

très tôt un but dans la vie. Les maisons, cela se vend, cela s'achète. Je n'en voulais qu'une, celle-là. Lundi, elle sera presque à moi. J'aurai des droits sur elle. La loi me reconnaîtra ceux dont j'ai toujours considéré qu'ils me revenaient. Une maison, ça se mérite. Je l'ai épiée, je l'ai couvée des yeux, je l'ai désirée de loin comme une femme. Hormis pour la durée de mon service militaire en Allemagne, je ne m'en suis jamais éloigné. A chacune de mes permissions, je revenais la voir. Je longeais la grille. Je m'arrêtais parfois, feignant d'admirer les fleurs si c'était en été. Je les guettais, eux, souvent en vain. Ils s'absentaient. Ils avaient sans doute des parents quelque part – ma famille secrète! Une nuit, j'ai osé escalader le grillage. J'ai marché longtemps sous les arbres, je me suis laissé tomber sur le carré de pelouse sous le cerisier, je suis resté là un moment, sur le dos, les yeux grands ouverts dans la clarté lunaire. L'air embaumait. Je me sentais bien. J'étais chez moi. Je me serais volontiers endormi là pour toujours.

Je n'ai jamais cessé de revenir. Le dimanche, mes pas me portaient de ce côté malgré moi. Plus tard, quand j'ai eu une auto, je faisais un détour en rendant visite à des fournisseurs ou à des clients. Une fois même je suis venu avec une amie. Je lui ai montré la maison. La maison de mes parents. Ils devaient être partis en vacances. Les volets étaient clos. Des fruits jonchaient le sol sous les arbres.

– Comme c'est joli, toute cette verdure! Quelle chance tu as eue de grandir ici comme un oiseau dans un nid de feuilles!

– Oui, oh oui, j'ai eu de la chance, j'ai eu une enfance formidable!

Elle m'a demandé si mes parents habitaient toujours là. Je lui ai dit que oui, qu'ils étaient en vacances.

verkauft man, so etwas kauft man. Ich wollte nur das eine, dieses. Montag wird es mir fast gehören. Ich werde ein Recht darauf haben. Das Gesetz wird mir zuerkennen, wovon ich immer geglaubt habe, daß es mir zusteht. Ein Haus muß man sich verdienen. Ich habe es beobachtet, habe es in zärtliche Blicke gehüllt, habe es von weitem begehrt wie eine Frau. Außer für die Dauer meines Wehrdienstes in Deutschland habe ich mich nie von ihm entfernt. Jedes Mal, wenn ich Urlaub hatte, kam ich her, um es zu sehen. Ich ging am Zaun entlang. Ich blieb manchmal stehen, und im Sommer tat ich so, als bewunderte ich die Blumen. Den beiden lauerte ich auf, oft umsonst. Sie waren viel auf Reisen. Sicher hatten sie irgendwo Verwandte – meine heimliche Familie! Eines Nachts habe ich gewagt, über den Zaun zu klettern. Ich bin lange unter den Bäumen spazierengegangen, habe mich auf das Rasenstück unter dem Kirschbaum fallen lassen, bin dort eine Weile liegengeblieben, auf dem Rücken, die Augen im Mondlicht weit auf. Die Luft duftete. Ich fühlte mich wohl. Ich war zu Hause. Ich wäre dort gern für immer eingeschlafen.

Ich habe nie aufgehört wiederzukommen. Sonntags führten mich meine Schritte gegen meinen Willen in diese Richtung. Später, als ich ein Auto hatte, machte ich, wenn ich Lieferanten oder Kunden besuchte, einen Umweg hierher. Einmal kam ich sogar mit einer Freundin. Ich zeigte ihr das Haus. Das Haus meiner Eltern. Sie mußten in Urlaub gefahren sein. Die Fensterläden waren geschlossen. Obst bedeckte den Boden unter den Bäumen.

«Wie schön ist das, das ganze Grün! Was hast du für ein Glück gehabt, hier aufzuwachsen wie ein Vogel in einem Blätternest!»

«Ja, oh ja, ich hatte Glück, ich hatte eine herrliche Kindheit.»

Sie fragte mich, ob meine Eltern immer noch da wohnten. Ich habe ja gesagt, und daß sie gerade in Urlaub seien.

– Je les rencontrerai peut-etre un jour?

– Peut-être.

– Parle-moi d'eux. Comment sont-ils?

Je lui ai décrit Raymond avec son arrosoir, Suzanne avec son sécateur.

– Oui mais autrement, dans la vie, qu'est-ce qu'ils font, quand ils ne cultivent pas leur jardin?

J'ai dû mentir, inventer. Raymond était colonel dans l'armée de l'air, ancien Français libre, décoré. Suzanne avait abandonné une carrière de mannequin pour l'épouser. Des choses de ce genre, des bêtises. Elle m'a cru, ou elle a fait semblant.

– Dis donc, c'est quelqu'un, tes parents!

– Oui. Des gens bien.

Un peu plus tard, j'ai rompu avec elle. Ce n'était qu'une amie. Il n'y avait rien de sérieux entre nous.

La main de l'homme tremblait quand il apposa sa signature sur l'acte. Elle en fut toute déformée, et quasi illisible. Une signature incrédule, si l'on peut dire. Jusqu'au dernier moment, il avait redouté il ne savait quoi. Que le couple ne changeât d'avis, ou que survînt un empêchement, la mort subite de l'un ou de l'autre, ou la sienne. Il avait beaucoup pensé à la mort, pendant ces quelques jours. Il avait peu dormi, passant ses nuits à récapituler son existence, qui lui apparaissait tout à coup terriblement étrange dans sa simplicité. Il avait entendu parler de celles, tumultueuses, torrentielles, des grands hommes, des artistes, même d'hommes très ordinaires... Mais sa vie à lui ressemblait à un filet d'eau claire. C'était cela qui l'inquiétait: cette limpidité. Elle lui faisait peur, comme s'il y avait eu dans l'opacité commune à la plupart des destinées un principe salvateur qui eût fait défaut à la sienne. Comme s'il

«Werde ich sie vielleicht eines Tages kennenlernen?»

«Vielleicht.»

«Erzähl mir von ihnen. Wie sind sie?»

Ich beschrieb ihr Raymond mit seiner Gießkanne, Suzanne mit ihrer Gartenschere.

«Ja, aber sonst, wast tun sie normalerweise, wenn sie nicht im Garten arbeiten?»

Ich mußte lügen, erfinden. Raymond war Oberst der Luftwaffe, hatte im Zweiten Weltkrieg auf der Seite des freien Frankreich gekämpft, war ausgezeichnet worden. Suzanne hatte eine Karriere als Mannequin aufgegeben, um ihn zu heiraten. Solche Sachen, dummes Zeug. Sie hat mir geglaubt oder hat so getan.

«Sag mal, die sind ja wer, deine Eltern!»

«Ja. Anständige Leute.»

Etwas später habe ich mich von ihr getrennt. Sie war nur eine Freundin. Es war nichts Ernstes zwischen uns.

Die Hand des Mannes zitterte, als er seine Unterschrift unter die Urkunde setzte. Sie war davon ganz entstellt, beinahe unleserlich. Eine ungläubige Unterschrift, wenn man so sagen kann. Bis zum letzten Augenblick hatte er, er wußte nicht genau *was* gefürchtet. Daß die beiden ihre Meinung ändern würden, daß ein Hindernis auftauchen würde, der plötzliche Tod des einen oder anderen, oder sein eigener. Er hatte viel an den Tod gedacht, in diesen wenigen Tagen. Er hatte wenig geschlafen, seine Nächte damit verbracht, sein Leben zu überdenken, das ihm auf einmal in seiner Einfachheit schrecklich fremd vorkam. Er hatte von den bewegten, stürmischen Lebensläufen berühmter Menschen gehört, von Künstlern, aber auch von ganz gewöhnlichen Menschen... Dagegen ähnelte sein Leben einem Strahl klaren Wassers. Das war es, was ihn beunruhigte: diese Klarheit. Sie machte ihm Angst, als hätte es in der Undurchsichtigkeit, die den meisten Schicksalen gemeinsam war, einen rettenden Wirkstoff gegeben, der ihm fehlte. Als hätte er mit nack-

avait étreint à peau nue quelque chose qu'il n'était permis d'embrasser qu'au travers d'un voile ou de sept. Mais il n'était plus temps de reculer. Le lundi matin, à l'heure dite, il se présenta chez le notaire. Raymond et Suzanne étaient là, comme lui endimanchés, comme lui, mais moins que lui, embarrassés et gauches. Le notaire les invita à s'asseoir dans un bureau poussiéreux, aux murs duquel étaient accrochés, côte à côte, de vraies belles gravures anciennes et d'affreux tirages publicitaires dans des cadres en plastique doré. Il leur donna lecture des actes, puis les leur fit signer. Ensuite, il pria l'homme de libeller deux chèques, le premier pour s'acquitter du bouquet, et le second pour les honoraires et les frais. L'homme s'exécuta. Le notaire vérifia les chèques et en remit un à Raymond. Celui-ci vérifia la somme à son tour et s'inclina vers l'homme avant de glisser le chèque dans son portefeuille. Le notaire se leva. Tous l'imitèrent. On se congratula. Le notaire raccompagna le trio jusqu'à la porte.

Dehors, l'homme aspira une grande bouffée d'air. Il était excessivement pâle et il transpirait. Suzanne s'en aperçut.

– Qu'avez-vous, monsieur ? Seriez-vous souffrant ?

Il fit un effort pour sourire, tout en s'épongeant le front.

– Non, non, je vous assure ! Il faisait si chaud dans le bureau du notaire ! Mais j'allais oublier... Je me suis permis... C'est pour vous deux !

Il tendit à Raymond un paquet soigneusement emballé. Raymond hésita à le prendre, mais l'homme le lui fourra dans les bras. C'était lourd.

– Mais pourquoi ? Qu'est-ce que c'est ?

– Du vin. Du très bon vin, je crois. Vous le boirez à ma santé.

ter Haut etwas in die Arme genommen, das man nur durch einen – oder durch sieben – Schleier umarmen durfte. Aber es war zu spät, sich zurückzuziehen. Am Montagmorgen, zur verabredeten Zeit, sprach er beim Notar vor. Raymond und Suzanne waren da, wie er sonntäglich gekleidet, wie er, nur weniger, verlegen und ungeschickt. Der Notar ließ sie in einem staubigen Büro Platz nehmen, an dessen Wänden, nebeneinander, wirklich schöne alte Stiche und grauenhafte Werbeplakate in goldenen Plastikrahmen hingen. Er ließ sie die Urkunden lesen und danach unterschreiben.

Dann bat er den Mann, zwei Schecks auszustellen, den ersten zur Bezahlung des Kaufpreises, den zweiten für das Honorar und die Kosten. Der Mann kam der Aufforderung nach. Der Notar prüfte die Schecks und gab Raymond einen davon. Der prüfte seinerseits die Summe und verbeugte sich zu dem Mann hin, bevor er den Scheck in die Brieftasche steckte. Der Notar erhob sich. Alle folgten seinem Beispiel. Man beglückwünschte sich. Der Notar begleitete das Trio bis zur Tür.

Draußen holte der Mann mächtig tief Luft. Er war außerordentlich blaß und schwitzte. Suzanne bemerkte es.

«Was haben Sie denn, Monsieur? Fühlen Sie sich nicht wohl?»

Er bemühte sich zu lächeln und tupfte sich die Stirn ab.

«Nein, nein, ich versichere Ihnen! Es war so warm im Büro des Notars! Aber fast hätte ich vergessen... Ich habe mir erlaubt... Das ist für Sie beide!»

Er reichte Raymond ein sorgfältig eingewickeltes Päckchen. Raymond zögerte, es anzunehmen, aber der Mann steckte es ihm in den Arm. Es war schwer.

«Aber warum? Was ist das?»

«Wein. Ein sehr guter, glaube ich. Sie werden ihn auf mein Wohl trinken.»

– Alors nous le boirons ensemble! Venez donc déjeuner avec nous dimanche. Ce sera l'occasion de faire plus ample connaissance.

– Je ne voudrais pas...

– Nous vous en prions. Nous avions l'intention de vous inviter, de toute façon. Nous ne serons pas trop de trois pour vider cette bouteille... C'est un magnum, non?

– Oui, enfin, c'est une grande bouteille.

– Alors c'est entendu?

– C'est très aimable à vous! Je viendrai, je viendrai! Je ne bois jamais de vin, mais j'y tremperai mes lèvres pour vous accompagner...

Tout en parlant, l'homme, très rouge, s'enfuyait à reculons vers sa voiture. Raymond et Suzanne lui firent au revoir de la main, puis gagnèrent leur propre voiture.

– Prends le volant, dit Raymond, je vais ouvrir ce paquet tout de suite. Mon grand-père disait toujours: «On peut juger un homme au vin qu'il offre.»

– On pouvait juger ton grand-père à celui qu'il buvait, en tout cas: c'était un foutu soiffard!

Suzanne démarra. Raymond dégagea la caissette de son enveloppe de papier, fit glisser la languette de bois dans ses rainures et siffla entre ses dents.

– Alors? Que dit l'oracle?

– Cet homme est très riche, ou très fou.

Dann trinken wir ihn gemeinsam! Kommen Sie und essen Sie am Sonntag mit uns zu Mittag. Das wäre eine Gelegenheit, sich besser kennenzulernen.»

«Ich möchte nicht...»

«Aber wir bitten Sie darum. Wir hatten ohnehin die Absicht, Sie einzuladen. Wir werden zu dritt nicht zu viele sein, um diese Flasche zu leeren... Es ist eine Magnum, nicht wahr?»

«Nun ja, es ist eine große Flasche.»

«Also einverstanden?»

«Das ist sehr liebenswürdig von Ihnen. Ich werde kommen, ich werde kommen! Ich trinke nie Wein, aber ich werde daran nippen, um Ihnen Gesellschaft zu leisten.»

Während er sprach, floh der Mann, über und über rot geworden, rückwärts zu seinem Wagen. Raymond und Suzanne winkten ihm Auf Wiedersehn, dann gingen sie zu ihrem eigenen Wagen.

«Fahr du», sagte Raymond, «ich will gleich mal dieses Päckchen aufmachen. Mein Großvater sagte immer: ‹Man kann einen Mann nach dem Wein beurteilen, den er schenkt›.»

«Deinen Großvater konnte man jedenfalls danach beurteilen, was er trank: Der war ein verflixter Säufer!»

Suzanne startete. Raymond nahm die Schachtel aus dem Geschenkpapier, zog den Holzdeckel aus seinen Fugen und stieß einen leisen Pfiff aus.

«Und? Was spricht das Orakel?»

«Der Mann ist sehr reich, oder sehr verrückt.»

Pierrette Fleutiaux
Dans la rue

Je préparais un concours d'administration, le plus
haut auquel je pouvais prétendre. J'habitais alors
rue de Bizerte à Paris. Mes parents, de province,
m'envoyaient de quoi payer ma chambre et j'avais
une bourse pour le reste. Il y avait des cours, des
devoirs à rendre, des dates à apprendre, je n'étais
pas malheureuse, je ne pensais pas. Parfois dans le
grand amphithéâtre gris, je levais la tête vers le
plafond en dôme, la voix du professeur roulait
comme un lointain train de voitures sur une route,
et une phrase inconnue s'élevait, «oh ces voix
d'enfants chantant sous la coupole», cette phrase
gonflait comme une vague, une à une en solos, de
frêles bulles tournoyantes s'en détachaient, s'é-
lançaient vers des hauteurs bleutées aussitôt
évanouies, fusaient de nouveau plus pures et
jaillissantes, la vieille salle de classe s'effaçait, il y
avait un chœur quelque part qui emplissait ma
tête. Lorsque je revenais à la table brune, aux notes
que ma main avait prises sans moi, aux paroles un
peu plus claires du professeur – comme si maintenant s'entendait le bruit des reprises et freine-
ments de voiture – il me semblait que j'avais pensé, et j'étais satisfaite.

En bas de la rue de Bizerte, il y a la rue Truffaut,
et dans celle-ci un commissariat et une école côte
à côte. Pour aller aux cours à l'amphithéâtre, il
fallait passer normalement un peu plus à gauche.
Mais cette fois, j'ai pris vers la droite, par une
sorte de curiosité peut-être pour le groupe in-
forme de parents qui piétinaient devant la porte
de l'école, dans un ensemble de couleurs à la fois
criardes et sans éclat, ou pour le policier dans son
uniforme bleu debout à côté des voitures à gyro-

Pierrette Fleutiaux
Auf der Straße

Ich bereitete mich auf eine Aufnahmeprüfung für die
Verwaltung vor, die höchste, zu der ich zugelassen wurde.
Ich wohnte damals in der Rue de Bizerte in Paris. Meine
Eltern schickten mir aus der Provinz das Geld für mein
Zimmer, und für den Rest hatte ich ein Stipendium. Es gab
Kurse, es waren Hausaufgaben abzugeben, Jahreszahlen
zu lernen. Ich war nicht unglücklich, ich dachte nicht
nach. Manchmal hob ich in dem großen, grauen Hörsaal
den Kopf zur kuppelförmigen Decke – da rollte die
Stimme des Professors wie eine ferne Autoschlange auf
einer Straße, und eine unbekannte Melodie stieg auf.
«Oh die Kinderstimmen, die unter der Kuppel singen»,
diese Melodie schwoll an wie eine Welle, von der sich
einzeln, eine nach der anderen, zarte, schwingende Blasen
lösten. Die schwangen sich zu bläulichen Höhen hinauf
und verschwanden sogleich, strömten dann wieder rei-
ner und sprudelnder, das alte Klassenzimmer verblaßte,
irgendwoher kam ein Chorgesang, der meinen Kopf
füllte. Wenn ich wieder zu meinem braunen Tisch zu-
rückkam, zu den Notizen, die meine Hand ohne mich gemacht hatte, zu den etwas klareren Worten des Professors
– jetzt so, als hörte man die Geräusche anfahrender und
bremsender Autos – schien mir, daß ich gedacht hatte,
und ich war zufrieden.

Unten, quer zur Rue de Bizerte, liegt die Rue Truffaut, und in dieser stehen ein Kommissariat und eine
Schule nebeneinander. Um zu den Kursen in den Hörsaal
zu gehen, muß man sich eigentlich links halten. Aber
dieses Mal ging ich weiter rechts,
                              vielleicht aus einer Art
Neugier für die unförmige Gruppe von Eltern, die vor
dem Schultor, in einem Gemenge teils knalliger, teils
matter Farben, auf der Stelle traten – oder für den Polizeibeamten, der in seiner blauen Uniform neben den Blau-

phares. Plus bas de ce même côté, je crois qu'il y avait aussi une caserne de pompiers, on entendait souvent leur sirène passer brusquement dans le voisinage puis se fondre d'un coup dans la rumeur de la circulation, comme si pareil horrible hurlement n'avait jamais existé.

Ce devait être la sortie de l'école. Un enfant s'est jeté dans mes jambes en criant «maman, maman». Je n'étais pas en avance pour mon cours, une migraine me tenait depuis la veille, et il y avait dans ma tête une sorte de brouillard qui rendait tout ce quartier si familier un peu irréel. J'ai regardé autour de moi, attendant que quelqu'un se détache de la masse agglutinée devant l'école et vienne reprendre l'enfant. Des voitures passaient dans la rue, je n'osais m'éloigner avant de l'avoir rendu à celui ou celle qui en avait la charge.

C'était un garçon. Il restait collé contre ma jambe, la tête penchée de côté, suçant son pouce et me regardant en silence de dessous son front, dans un effort de fixité. Lorsque j'ai relevé les yeux vers la porte de l'école, il n'y avait plus personne. La porte était du vert bronze habituel et il y avait deux papiers punaisés à hauteur d'homme. Je suis allée les lire. L'un convoquait à une réunion des enseignants, l'autre donnait l'horaire d'un stage de sauveteurs à la mairie.

Soudain j'ai pensé à mon cours et me suis mise à marcher très vite, oubliant ce qui m'avait retenue. Mais quelques secondes après, l'enfant était de nouveau à côté de moi, criant comme la première fois «maman, maman». A cet instant, nous étions juste devant le commissariat.

Le policier en uniforme bleu nous observait depuis un moment. J'étais pétrifiée. «Si vous voulez garder l'enfant, Madame, fit-il observer, il faut faire les papiers.»

lichtwagen stand. Weiter unten auf der gleichen Straßenseite war, glaube ich, auch eine Feuerwehrkaserne, oft hörte man plötzlich die Sirene ganz in der Nähe vorbeifahren, dann ebenso plötzlich im Lärm des Verkehrs untergehen, als hätte es solch schreckliches Geheul nie gegeben.

Es mußte Schulschluß sein. Ein Kind warf sich an meine Beine und schrie «Mama, Mama». Ich war nicht gerade zu früh für meinen Kurs, hatte seit dem Vorabend Migräne und in meinem Kopf eine Art Nebel, der dies ganze so vertraute Viertel ein bißchen unwirklich erscheinen ließ. Ich sah mich um und wartete, daß sich jemand aus der vor der Schule zusammengedrängten Menge lösen und zu mir kommen würde, um das Kind zurückzuholen. Auf der Straße fuhren Autos vorbei, ich wagte nicht fortzugehen, bevor ich das Kind nicht der Person übergeben hatte, die auf es aufpassen sollte.

Es war ein Junge. Er blieb an meine Beine gedrückt, den Kopf zur Seite geneigt, lutschte an seinem Daumen und sah mich schweigend unter seiner Stirn heraus an, bemühte sich um Unbeweglichkeit. Als ich die Augen wieder zum Schultor hob, war dort niemand mehr. Das Tor war aus dem üblichen Bronzegrün, in Mannshöhe waren zwei Zettel angeheftet. Ich ging hin, um sie zu lesen. Der eine war der Aufruf zu einer Lehrerversammlung, der andere nannte den Termin für einen Erste-Hilfe-Lehrgang im Rathaus.

Plötzlich mußte ich an meinen Kurs denken und machte mich eilig auf den Weg, ohne noch zu wissen, was mich zurückgehalten hatte. Aber ein paar Sekunden später war das Kind wieder an meiner Seite und rief wie vorher «Mama, Mama». In diesem Augenblick standen wir genau vor der Polizeistation.

Der Polizist in blauer Uniform hatte uns schon seit einer Weile beobachtet. Ich war versteinert. «Wenn Sie das Kind behalten wollen, Madame», bemerkte er, «brauchen Sie Papiere.»

— Tu as des papiers ? ai-je dit plus bas à l'enfant.

Il me regardait toujours de ce regard si extraordinairement intense et il suçait son pouce plus fort. J'ai compris brusquement qu'il ne pouvait avoir de papiers, était-il même assez grand pour comprendre ma question ? Je n'avais guère vu d'enfants autour de moi. Mon frère, plus âgé, avait déjà presque quitté la maison lorsque j'étais née, et mes parents supportaient mal le désordre et l'agitation. Voisins et cousins n'étaient passés qu'en visite.

— Plus tard, dis-je au policier, je suis déjà en retard.

Il se contenta de hocher la tête. Mais l'enfant ne bougeait pas. Je lui avais pris la main pourtant, machinalement, surtout à cause des voitures brusques qui m'inquiétaient dans la rue. Il regardait tantôt le policier tantôt moi, il y avait quelque chose d'inexprimable sur ses traits, que je n'avais littéralement jamais vu à personne. Le visage en était presque ridé, comme sous l'effet d'un souci énorme et totalement sans contour. Moi qui n'avais connu que des préoccupations d'étudiante, menues et précises, il m'est venu une sorte d'épouvante. Il y avait des êtres sans papiers, j'en avais entendu parler, il y en avait un devant moi.

Je suis entrée au commissariat, je me rappelle avoir fait la queue, avoir dû sortir toutes les cartes que j'avais sur moi, être retournée rue de Bizerte en chercher d'autres, l'après-midi entière y est passée, je ne pensais qu'à une chose : arriver au bout de ces formalités, qui semblaient toujours prêtes à finir et se poursuivaient, sortir de là et téléphoner à ma camarade de cours pour qu'elle me fasse une photocopie de ses notes de la séance.

Lorsqu'enfin je suis sortie, le crépuscule était arrivé, la brume qu'il y avait eue toute la journée

«Hast du Papiere?» sagte ich leise zu dem Kind.

Es sah mich immer noch mit diesem ungemein eindringlichen Blick an und saugte heftiger an seinem Daumen. Da begriff ich mit einem Mal: Es konnte gar keine Papiere haben! War es überhaupt groß genug, meine Frage zu verstehen? Ich hatte kaum Kinder um mich herum gesehen. Mein Bruder, älter als ich, war schon fast aus dem Haus, als ich geboren wurde, und meine Eltern konnten Unordnung und Unruhe schlecht vertragen. Nachbarn und Verwandte waren nur besuchsweise bei uns gewesen.

«Später», sagte ich zu dem Polizeibeamten, «ich bin schon verspätet.»

Er begnügte sich mit einem Kopfnicken. Das Kind rührte sich nicht. Ich hatte es unwillkürlich an der Hand genommen, vor allem wegen der schnellen Autos auf der Straße, die mich beunruhigten. Das Kind sah mal den Polizeibeamten an, mal mich, es war etwas Unbeschreibliches in seinen Zügen, das ich wirklich noch nie bei jemandem gesehen hatte. Das Gesicht war davon beinahe faltig, wie unter dem Eindruck einer großen, ganz und gar nicht zu definierenden Sorge. Ich, die nur die kleinen, überschaubaren Sorgen einer Studentin kannte, bekam so etwas wie Angst. Es gab Wesen ohne Papiere, davon hatte ich gehört, eines von ihnen stand vor mir.

Ich ging in die Polizeistation hinein, ich erinnere mich, Schlange gestanden zu haben, daß ich alle Papiere vorzeigen mußte, die ich bei mir hatte, daß ich nochmal in die Rue de Bizerte lief, um andere zu holen, der ganze Nachmittag verging dabei, ich dachte nur eins: die Formalitäten zu erledigen, die immer gerade aufzuhören schienen und dann doch weitergingen – und dann nichts wie raus hier und meine Bekannte aus dem Kurs anrufen, damit sie mir eine Fotokopie ihrer Vorlesungsmitschrift machte.

Als ich endlich herauskam, war die Dämmerung angebrochen, der Nebel, der den ganzen Tag da gewesen war,

s'était levée, le ciel était d' un violet pur et profond, si vaste, si «autre» que j'en ai eu un coup. Les façades d'ordinaire grises et décrépites avaient une pâleur nette et distante qui en faisait comme le front d'une ville ancienne ou à venir, d'une ville de légende. Le sentiment d'une beauté stupéfiante et d'une solitude presque inconcevable m'a pénétrée jusqu'aux os. C'était un ciel dans lequel on ne pouvait que se jeter brutalement, la tête égarée, comme dans un abîme, ou se baigner nue comme dans l'auréole lumineuse d'une piscine sous les magnolias nocturnes.

Le gyrophare de la voiture de police s'est brusquement mis en marche, avec un cri long et déchirant qui était nouveau et avait dû être copié sur celui qui équipait les voitures en Amérique. Quelque chose s'était jeté contre moi, c'était l'enfant, il avait eu peur, je l'ai saisi dans mes bras, j'ai fait un bond de côté, et lorsque la voiture a été partie, je l'ai bercé un moment. Il me semblait entendre battre son cœur à coups violents, son visage était bouleversé, cet effroi-là non plus, je ne l'avais vu à personne.

Pour la première fois dans ma vie que je croyais banale la peur s'est installée. Je l'ai reconnue sans l'avoir jamais recontrée et j'ai su qu'elle était venue pour rester.

Nous avons remonté la rue de Bizerte ainsi, la nuit était tout à fait tombée, j'ai eu quelque mal à trouver mes clés, les bras encombrés de la sorte, et cette maladresse m'a frappée d'une façon indéfinissable. Enfin la porte s'est ouverte et refermée, c'était ma chambre, nous étions harassés.

Lorsque je me suis réveillée, le lampadaire faisait aux vitres une clarté dure, de monde lunaire, de planète perdue. Tous mes membres étaient douloureux. Ce devait être le milieu de la nuit,

hatte sich gehoben, der Himmel war aus einem reinen und tiefen Violett, so weit, so «anders», daß es mir einen Stich gab. Die sonst grauen und baufälligen Fassaden hatten eine klare und kühle Blässe, die aus ihnen die Frontseite einer vergangenen oder zukünftigen Stadt machte, einer Stadt wie aus der Legende. Das Gefühl einer bestürzenden Schönheit und einer fast unfaßbaren Einsamkeit ging mir durch und durch. In so einen Himmel konnte man sich nur mit Gewalt hineinstürzen, mit verstörtem Kopf, wie in einen Abgrund, oder man konnte nackt in ihm baden wie im leuchtenden Kranz eines Schwimmbads unter nächtlichen Magnolien.

Da setzte sich auf einmal das Blaulicht des Polizeiwagens in Gang, mit einem langen und markerschütternden Geheul, das neu war und wohl das nachahmte, mit dem die Wagen in Amerika ausgerüstet waren. Irgendetwas hatte sich an mich geworfen, es war das Kind, es hatte Angst bekommen, ich nahm es in meine Arme und machte einen Sprung zur Seite. Als der Wagen weggefahren war, wiegte ich es eine kleine Weile. Es schien mir, als hörte ich sein Herz mit heftigen Schlägen klopfen, sein Gesicht war verstört – auch solchen Schreck hatte ich noch bei niemandem gesehen.

Zum ersten Mal in meinem Leben, das ich für banal hielt, hatte sich die Angst eingestellt. Ich erkannte sie, ohne ihr je begegnet zu sein, und ich wußte, daß sie gekommen war, um zu bleiben.

Wir gingen die Rue de Bizerte hinauf, die Nacht war ganz hereingebrochen, ich hatte einige Mühe, meine Schlüssel zu finden, so voll waren die Arme, und diese Unbeholfenheit traf mich auf unerklärliche Weise. Zu guter Letzt ging die Tür auf und wieder zu. Dies war mein Zimmer, wir waren erschöpft.

Als ich aufwachte, verbreitete die Straßenlaterne in den Fenstern eine harte Helligkeit, die einer Mondlandschaft oder eines verlorenen Planeten. Alle meine Glieder schmerzten. Es mußte mitten in der Nacht sein – war das

était-ce cela les insomnies, ce blanc brutal cerné de noir ? Sur le lit, tout habillé, il y avait l'enfant. J'étais toute habillée aussi. Mes livres et cahiers étaient par terre.

Alors enfin quelque chose s'est passé. Une force en moi s'est levée pour aller vers cette peur qui était venue. Je voyais ce combat étrange, que je n'avais jamais sollicité, qui m'était entièrement étranger, et auquel pourtant je me sentais liée, plus que je ne l'avais été à aucun de mes cours dans l'amphithéâtre, à aucun de mes livres, à mon concours lui-même. Ma chambre en était le décor, tout y était semblable, simplement d'une similarité plus agressive et insistante.

Je me suis levée, j'ai fermé les rideaux, allumé une lampe en baissant au maximum l'abat-jour, puis j'ai pris une douche. L'eau coulait en cataracte, longue, brûlante, je la laisserais couler jusqu'au bout. Les voisins allaient-ils cogner au mur ? Je n'y pensais pas, j'étirais ce corps qui avait piétiné tout au long de l'après-midi, je l'éprouvais comme un allié, qu'il fallait réconforter et soigner. Puis je suis allée chercher l'enfant.

Où le laver ? Pas de baignoire ni de bassine. Je l'ai posé dans l'évier, il tremblait, tout nu, fatigué encore, puis j'ai versé l'eau tiède et il s'est mis à rire aux éclats. Il trépignait et donnait des claques avec ses mains sur la grosse flaque, des gouttes jaillissaient de tous côtés, c'était un tout petit garçon mais vigoureux, avec une poitrine bien pleine et ronde, et un sexe parfaitement ciselé. Je me suis mise aussi à tapoter sur l'eau, le tapis de bain était trempé, mon peignoir était trempé, mais je riais, je l'embrassais, et puis j'ai fait chauffer du lait, des corn-flakes, il savait manger, nous avons mangé dans le même bol puisqu'il n'y en avait qu'un. Comme l'eau tout à l'heure, les corn-

Schlaflosigkeit, dieses brutale Weiß, von Schwarz umschlossen? Auf dem Bett, völlig angezogen, lag das Kind. Auch ich war völlig angezogen. Meine Bücher und Hefte lagen auf dem Boden.

Da endlich geschah etwas. In mir stand eine Kraft auf und trat der Angst, die gekommen war, entgegen. Ich sah diesen seltsamen Kampf. Ich hatte nie um ihn gebeten, er war mir völlig fremd und gehörte dennoch zu mir, mehr als irgendeiner meiner Kurse im Hörsaal, mehr als irgendeines meiner Bücher, selbst mehr als meine Aufnahmeprüfung. Mein Zimmer war die Kulisse für diesen Kampf. Alles sah aus wie immer, aber auf eine aggressivere, hartnäckigere Weise.

Ich stand auf, zog die Vorhänge zu, machte eine Lampe an und stellte den Lampenschirm so tief wie möglich, dann habe ich mich geduscht. Das Wasser fiel wie ein Wasserfall, lang, heiß, ich würde es bis zu Ende laufen lassen. Würden die Nachbarn an die Wand klopfen? Ich dachte nicht lange darüber nach, ich streckte meinen Körper, der sich den ganzen Nachmittag die Beine in den Bauch gestanden hatte, ich fühlte ihn wie einen Verbündeten, den man trösten und pflegen mußte. Dann holte ich das Kind.

Worin sollte ich es waschen? Ich hatte weder Badewanne noch große Schüssel. Ich setzte es ins Waschbecken, es zitterte, ganz nackt, noch müde, dann ließ ich das lauwarme Wasser laufen. Der Junge begann schallend zu lachen. Er trampelte und schlug mit den Händen auf die große Pfütze, Tropfen spritzten nach allen Seiten. Es war ein ganz kleiner, aber kräftiger Junge, mit einer vollen und runden Brust und einem ordentlich feinen Gliedchen. Nun begann auch ich, auf das Wasser zu patschen, der Badezimmerteppich war naß, mein Morgenmantel war naß, aber ich habe gelacht, habe ihn umarmt. Und dann habe ich Milch warmgemacht; ich tat Cornflakes hinein, er konnte essen, wir aßen aus der gleichen Schale, denn es gab nur eine. Wie vorher das

flakes volaient partout, et nous ne cessions d'é-
clater de rire. Puis je l'ai rammené dans la chambre, et comme il n'y avait rien pour le couvrir,
je l'ai pris avec moi sous les couvertures. Il s'est
endormi tout de suite, et longtemps j'ai écouté
sa respiration à la fois douce et énorme, comme le
bruit que j'avais entendu une fois dans le stétho-
scope de mon frère médecin.

Lorsque je me suis réveillée la seconde fois,
c'était l'après-midi. Un jour entier s'était écoulé.
J'avais manqué deux séances de cours. Le sol de la
cuisine était jonché de débris, des serviettes
pleines d'eau traînaient par terre dans la salle de
douche, la boîte métallique bleue où tenaient dans
trois minces dossiers tous les papiers dont j'avais
eu besoin jusque-là était comme éventrée. J'ai
enfin pensé à mes parents, qu'il fallait avertir.

– Ah, dit ma mère, mais fais attention tout de
même.

– Tu n'aurais pas dû sauter ton cours, dit mon
père.

Leurs voix ne semblaient pas changées, seulement détachées au pourtour des mots, et les mots
nageant dans le vide.

Une douleur inattendue m'a serré le cœur, un
autre front se déclarait dans la guerre que j'entendais confusément se lever autour de moi, comme
sur une grande plaine couverte de brouillard où se
devineraient par endroits des sortes de tumultes,
de plus en plus proches.

Puis j'ai appelé ma camarade de cours. C'était
la fille du ministre du Logement. Elle m'avait
choisie, moi la provinciale, après un mois de précise observation dans l'amphithéâtre. J'avais vu
s'avancer une grande fille calme, au chignon de
dame, vêtue de vêtements qui m'avaient paru de
dame aussi, et qui me proposait de préparer le

Wasser flogen nun die Cornflakes überall herum, und wir hörten nicht auf zu lachen. Dann brachte ich ihn wieder ins Zimmer, und weil ich nichts hatte, um ihn zuzudecken, nahm ich ihn mit zu mir unter die Decke. Er schlief sofort ein, und ich hörte lange seinem Atem zu; er war zugleich zart und stark wie das Geräusch, das ich einst im Stethoskop meines Bruders, des Arztes, gehört hatte.

Als ich das zweite Mal aufwachte, war es Nachmittag. Ein ganzer Tag war vergangen. Ich hatte zwei Lehrveranstaltungen verpaßt. Der Küchenfußboden war mit allem möglichen Kram bedeckt, im Bad lagen klatschnasse Handtücher auf dem Boden. Die blaue Metallschachtel, in der in drei dünnen Ordnern alle bisher benötigten Unterlagen abgeheftet waren, war wie explodiert. Endlich dachte ich an meine Eltern – ich mußte ihnen doch Bescheid sagen.

«Ah», sagte meine Mutter, «aber paß trotzdem gut auf.»

«Du hättest nicht deinen Kurs versäumen sollen», sagte mein Vater.

Ihre Stimmen schienen nicht verändert, nur hatten die Worte nichts mit den Stimmen zu tun, sie schwammen im luftleeren Raum.

Ein unerwarteter Schmerz drückte mein Herz, eine weitere Front tat sich auf in dem Krieg, den ich wirr um mich herum aufsteigen spürte, als ließen sich auf einer großen, nebelbedeckten Ebene hier und da so etwas wie Aufwühlungen erkennen, die immer näher und näher kamen.

Dann rief ich meine Bekannte aus dem Kurs an. Sie war die Tochter des Wohnungsbauministers. Sie hatte mich erwählt, mich Provinzlerin, nach einem Monat genauer Beobachtung im Hörsaal. Ich hatte ein großes, ruhiges Mädchen auf mich zukommen sehen, mit einem Dutt wie eine Dame, mit Kleidern, die mir ebenfalls damenhaft erschienen waren; sie hatte mir vorgeschlagen, die

concours en équipe avec elle. Nous venions en général travailler dans ma chambre ou au café Balzar malgré l'arrogance des serveurs. Ce n'est que beaucoup plus tard que je suis allée chez elle. Dans l'appartement spacieux et beau, il y avait deux jeunes gens, j'avais tendu la main un peu brutalement à cause de ma gêne, mais voilà que le premier se penchait pour un baise-main. Nos gestes s'étaient heurtés, et le second jeune homme s'était contenté d'un signe de tête. Mon amie ne m'avait toujours rien dit. C'est mon père finalement qui avait fait le rapprochement entre ces divers points et d'autres : elle était bien la fille du ministre.

Lorsque je l'ai eue au téléphone, voilà soudain que ma voix bredouillait, ce n'était plus une photocopie des cours que je lui demandais, mais elle ne connaîtrait pas, par son père, un appartement plus grand, pas plus cher. J'aurais voulu retirer mes paroles, j'étais stupéfaite de ma grossièreté, de cette vulgarité. Elle m'a répondu sèchement que son père ne s'occupait pas de choses semblables, ce qui n'était que trop évident. Ma confusion était plus grande que le jour du baise-main, mais ces deux événements s'additionnaient, j'ai compris que sans que j'en aie jamais deviné les indices, le hasard avait joué une partie avec moi et qu'il y avait déjà eu un résultat.

C'est ce résultat sans doute que je cherchais en rassemblant les bribes friables de cette histoire. Mais je sais que je ne pourrais aller plus loin. La même peur qui a mis ces bribes tout à bout m'empêche maintenant de saisir une suite dans les autres que j'arrive encore à reconnaître. La vision un instant soulevée a lâché presque aussitôt, est retombée dans le brouillard fantômal, semé de tumultes grotesques, est retombée comme un

Prüfung mit ihr zusammen vorzubereiten. Im allgemeinen kamen wir zum Arbeiten in mein Zimmer oder wir gingen, trotz der arroganten Bedienung, ins Café Balzar. Erst viel später war ich zu ihr gegangen. In ihrem geräumigen und schönen Appartement hatten zwei junge Männer gesessen, ich hatte die Hand aus Verlegenheit etwas heftig ausgestreckt, aber da hatte sich der erste schon zu einem Handkuß vorgebeugt. Unsere Gesten stießen aneinander – und der zweite junge Mann hatte sich mit einem Kopfnicken begnügt. Meine Freundin hatte immer noch nichts gesagt. Es war schließlich mein Vater gewesen, der diese einzelnen Anhaltspunkte mit anderen in Verbindung brachte; sie war mit Sicherheit die Tochter des Ministers.

Als ich sie nun am Telefon hatte, da hörte ich mich stammeln. Ich bat sie nicht mehr um die Kursmitschriften, sondern: ob sie nicht über ihren Vater ein größeres Appartement wüßte, nicht teurer als dieses. Ich hätte meine Worte zurückholen mögen, war erstaunt über meine Derbheit, Gewöhnlichkeit.

Sie antwortete mir abweisend, mit solchen Dingen befasse sich ihr Vater nicht – was nur zu einleuchtend war. Meine Verwirrung war noch größer als am Tag des Handkusses, aber die beiden Ereignisse kamen zusammen, ich verstand: der Zufall hatte, ohne daß ich je die Anzeichen bemerkt hätte, ein Spiel mit mir getrieben, und es gab bereits ein Ergebnis.

Wahrscheinlich war es dieses Ergebnis, das ich suchte, als ich die brüchigen Partikel dieser Geschichte ordnete. Aber ich weiß, daß ich nicht weiter gehen könnte. Dieselbe Angst, die diese Brocken aneinanderreihte, hindert mich jetzt, eine Fortsetzung in den späteren zu sehen, die ich noch erkennen kann. Das Bild, das mir ganz kurz vor Augen stand, hat sofort nachgelassen, ist in den schemenhaften, von grotesken Tumulten besäten Nebel und wie ein Netz auf mich zurückgefallen – und

filet sur moi qui erre là de nouveau. Tout l'effort énorme de mes nerfs ne m'a montré que cela, et maintenant je ne fais que trembler, ne sachant où se jouera la prochaine partie, s'il y en aura même une autre, si le résultat que je cherchais n'est pas déjà là, tout entier.

Et cependant je sais que, d'une étrange façon, cette peur ne peut pas être plus puissante que la force qui, une fois, s'était dressée en moi pour aller à sa rencontre.

ich irre wieder herum. Die ganze, gewaltige Anstrengung meiner Nerven hat mir nur das eine Bild gezeigt, und jetzt zittere ich nur noch, weil ich nicht weiß, wo die nächste Runde gespielt wird, ob es überhaupt noch eine gibt, ob das Ergebnis, das ich gesucht habe, nicht schon da ist, und endgültig.

Und doch weiß ich, daß diese Angst, seltsamerweise, nicht stärker sein kann als die Kraft, die sich einmal in mir aufgerichtet hatte, um ihr entgegenzutreten.

Cette porte-là n'était pas comme les autres, mais je n'ai pas compris tout de suite pourquoi.

Je suis spécialiste en portes.

Pas pour les forcer, oh non! N'allez pas me prendre pour une sorte de monte-en-l'air ou je ne sais quoi. Ce n'est pas du tout mon genre. Encore que, d'une certaine manière (mais seulement d'une certaine manière, et en jouant un peu sur les mots), on puisse parler d'effraction à propos de mes rapports avec les portes. J'accepte *effraction,* si vous voulez bien ne pas le prendre dans son sens mal intentionné et fracassant. J'agis au contraire dans la discrétion et le silence les plus absolus.

Vous allez comprendre. D'ailleurs cela vous est sûrement déjà arrivé d'agir comme moi, sans le faire exprès. La différence, c'est que moi je le fais exprès. Je le fais cent fois par jour, et vous peut-être une fois l'an, par inadvertance.

Vous déambulez dans un couloir, un de ces longs couloirs sans caractère comme il en existe dans les bâtiments administratifs, les hôpitaux, les banques, les universités, et vous cherchez quelque chose, je ne sais pas, disons les toilettes. On cherche souvent les toilettes, dans ce type de couloirs, à cause des longues périodes d'attente imprévue sur le banc d'un hall ou d'une antichambre. La plupart du temps, vous êtes obligé de demander, parce que ce n'est pas toujours écrit sur la porte, mais il n'est pas facile de trouver quelqu'un qui sache vous renseigner, alors vous déambulez au hasard. Vous cherchez les toilettes, ou l'ascenseur, ou la sortie, ou n'importe quoi. Disons les toilettes. Et enfin, vous avisez une porte qui vous semble être la bonne.

Jacques Fulgence
Jedem das Seine

Diese Tür war nicht wie die anderen, doch ich habe nicht sofort gemerkt warum.

Ich bin Türspezialist.

Nicht um sie aufzubrechen, oh nein! Halten Sie mich nicht für eine Art Fassadenkletterer oder was weiß ich was. Das ist gar nicht meine Art.

Obwohl man in gewisser Weise (aber auch nur in gewisser Weise, und wenn man ein bißchen mit den Worten spielt) in Bezug auf meine Beziehung zu Türen von Einbruch sprechen kann. Ich akzeptiere *Einbruch*, wenn Sie das bitte nicht in seinem bösartigen und polternden Sinn verstehen. Ich handle im Gegenteil ganz unauffällig und leise.

Sie werden das verstehen. Übrigens ist es sicher schon vorgekommen, daß Sie genauso handeln wie ich, nur ohne Absicht. Der Unterschied ist, daß ich es absichtlich tue. Ich tue es hundert Mal am Tag und Sie vielleicht einmal im Jahr, aus Versehen.

Sie gehen in einem Korridor auf und ab, einem dieser langen, charakterlosen Korridore, wie es sie in Verwaltungsgebäuden, Krankenhäusern, Banken, Universitäten gibt, und Sie suchen irgendwas – ich weiß nicht, sagen wir mal: die Toiletten. Man sucht häufig die Toiletten in solchen Korridoren, wegen der langen, nicht absehbaren Wartezeiten auf der Sitzbank in einer Halle oder einem Vorzimmer.

Meistens müssen Sie fragen, weil es nicht immer an der Tür steht, aber es ist gar nicht einfach, jemanden zu finden, der Ihnen Auskunft geben könnte, also schlendern Sie auf gut Glück umher. Sie suchen die Toiletten, oder den Aufzug, oder den Ausgang, oder sonst irgendetwas. Sagen wir die Toiletten. Und schließlich haben Sie eine Tür im Auge, die Ihnen die richtige zu sein scheint.

Ces choses-là se devinent. Je ne saurais dire à quoi, par exemple – mais le fait est : on se trompe rarement. J'imagine que cela doit tenir à une subtile dysharmonie dans la géométrie du couloir, ou bien à la perception inconsciente de quelque singularité dans le format du panneau, sa couleur, le dessin des moulures qui l'encadrent. Quoi qu'il en soit, on se trompe rarement.

Mais on se trompe parfois.

Vous entrouvrez la porte et vingt paires d'yeux vous sautent au visage. Ce n'était pas les toilettes, c'était une salle de conférences. Il y a là autour d'une table des messieurs en complet-veston et lunettes d'écaille, des dames en tailleur lilas, un orateur chauve qui scande sa péroraison d'un index suffisant, et tout ce petit monde s'est tourné vers la porte lorsque vous avez pesé sur la poignée.

Alors, le temps d'une seconde, d'une toute petite seconde, il se passe quelque chose d'extraordinaire. Vous vous mettez à exister comme vous ne l'avez pas fait depuis bien longtemps.

Parce que ces vingt inconnus ont le regard braqué sur vous, ou plutôt sur ce qu'ils voient de vous : une étroite bande de visage dissimulée dans l'ombre, un morceau de pommette surmonté par l'œil unique que vous avez collé contre la fente, quelques cheveux s'il vous en reste (les miens sont presque tous tombés). C'est tout. Ils ne voient rien d'autre de vous, ils ne savent rien d'autre. Vous êtes, littéralement, l'inimaginable. Ils ne peuvent pas deviner s'il s'agit du balayeur ou du directeur, d'un homme ou d'une femme, d'un pauvre type ou de l'être le plus prodigieux qu'ils rencontreront jamais. Dans le doute, leur intérêt est maximum, ils s'attendent à de l'inouï, à du jamais vu. Ils étaient en train de parler de choses très graves et très importantes, ils brassaient des mil-

Solche Dinge ahnt man. Ich könnte gar nicht sagen, wieso eigentlich – aber Tatsache ist: Man irrt sich selten. Ich könnte mir vorstellen, daß das an einer leichten Unregelmäßigkeit in der Aufteilung des Korridors liegt, oder an der unbewußten Wahrnehmung einer Besonderheit im Format des Türschildes, seiner Farbe, des Musters der Zierleisten, die es einrahmen. Wie dem auch sei, man irrt sich selten.

Aber manchmal irrt man sich schon!

Sie öffnen die Tür einen Spalt breit, und zwanzig Augenpaare springen Ihnen ins Gesicht. Das waren nicht die Toiletten, das war ein Konferenzsaal. Da sitzen um einen Tisch herum Herren im Anzug mit Weste und Hornbrille, Damen im violetten Kostüm, ein kahlköpfiger Redner, der den Schluß seiner Rede mit einem selbstgefälligen Zeigefinger betont; und diese ganze kleine Welt hat sich zur Tür gedreht, als Sie auf die Klinke gedrückt haben.

Da, eine Sekunde lang, für eine winzige Sekunde, hat sich etwas Außergewöhnliches ereignet. Sie beginnen, lebendig zu werden, wie Sie es schon lange nicht waren.

Weil diese zwanzig Unbekannten ihren Blick auf Sie geheftet haben, oder vielmehr auf das, was sie von Ihnen sehen: einen schmalen, vom Schatten verschleierten Streifen Gesicht, ein Stückchen Backenknochen, und darüber das einzige Auge, das Sie auf den Spalt gedrückt haben, ein paar Haare, falls Sie noch welche haben (meine sind fast alle ausgefallen). Das ist alles. Die anderen sehen sonst nichts von Ihnen, wissen sonst nichts. Sie sind buchstäblich das Unvorstellbare. Die anderen können nicht ahnen, ob es sich um den Straßenkehrer oder den Direktor handelt, um einen Mann oder eine Frau, um einen armen Schlucker oder das großartigste Wesen, das sie je treffen werden. Weil sie im Zweifel sind, ist ihre Aufmerksamkeit besonders groß, sie sind auf Unerhörtes gefaßt, auf nie Gesehenes. Sie haben gerade über sehr ernste und sehr wichtige Dinge gesprochen, haben

lions, ils refaisaient le monde, et voilà que d'un seul coup rien de tout cela n'existe plus pour eux, leurs sourcils se sont froncés, leurs yeux scrutent la fente de la porte : le temps d'une petite seconde vous êtes devenu la seule chose qui existe pour tous ces gens surpris. Avez-vous remarqué comme vous vous êtes mis à exister tout à coup ? L'avez-vous remarqué ? C'est incroyable. Quelle importance vous avez prise subitement ! Personne ne vous a jamais regardé avec autant d'attention, avec une attention aussi exclusive, aussi intense, aussi passionnée.

Vous vous en fichez, en réalité. Je vous vois bien, je vous vois faire. Vous ouvrez la bouche d'un air stupide, il en sort un petit cri d'oiseau ou un juron étouffé, suivant votre sexe et votre émotivité naturelle. Vous refermez la porte précipitamment. Votre front a pris des couleurs, mais ce n'est pas la chaleur de la vie, c'est le rouge de la honte : vous êtes *confus*.

Je ne vous en veux pas, bien qu'il me soit difficile quelquefois de ne pas ressentir une sourde colère à la pensée de tout ce capital d'existence dilapidé. C'est comme un chiffonnier qui regarde les gens brûler leurs vieilles garde-robes dans les décharges, le dimanche matin. Il ne comprend pas, c'est un homme qui vit de chiffons.

Je vis d'œillades. Dès que mon manque d'être est trop fort, je me mets à hanter les ruelles, les cours des immeubles, les écoles, les paliers des maisons bourgeoises, les ministères, et j'entrouvre des portes au hasard.

Déjà, rien que d'entrouvrir la porte, un grand coup au cœur. On ne peut pas savoir à l'avance qui on va trouver derrière. Ce n'est jamais pareil, c'est la surprise. Ici, un homme mûr, en robe de chambre, est en train de verser du charbon

Millionen hin- und hergeschoben, haben die Welt wieder neu erschaffen, und nun, auf einen Schlag, existiert für sie nichts mehr von alledem. Ihre Augenbrauen haben sich zusammengezogen, ihre Augen erforschen den Türspalt: eine winzige Sekunde lang sind Sie das einzige, was für alle diese überraschten Menschen existiert. Haben Sie bemerkt, wie Sie ganz plötzlich begonnen haben zu leben? Haben Sie das bemerkt? Es ist kaum zu glauben. Welche Bedeutung Sie auf einmal gewonnen haben! Niemand hat Sie je so aufmerksam angesehen, mit einer so ungeteilten, so starken, so leidenschaftlichen Aufmerksamkeit.

Eigentlich ist Ihnen das gleichgültig. Ich sehe Sie vor mir, ich sehe genau, was Sie tun. Sie öffnen den Mund mit einem dummen Gesichtsausdruck, heraus kommt ein kleiner Vogelschrei oder ein erstickter Fluch, gemäß Ihrem Geschlecht und Ihrer natürlichen Erregbarkeit. Sie schließen eilig die Tür. Ihre Stirn hat Farbe bekommen, aber das ist keine Lebenswärme, es ist Schamröte: Sie sind *verwirrt*.

Das nehme ich Ihnen nicht übel, obwohl es mir manchmal schwerfällt, bei dem Gedanken an diesen ganzen vergeudeten Vorrat an Lebensenergie nicht eine stumme Wut zu fühlen. Es ist wie bei einem Lumpensammler, der den Leuten am Sonntagmorgen beim Verbrennen ihrer alten Kleider auf der Müllkippe zusieht. Er begreift das nicht, er ist ein Mann, der von Lumpen lebt.

Ich lebe von Blickkontakten. Sobald mein Mangel zu groß wird, fange ich an zu spuken: in den Straßen, in Innenhöfen, in Schulen, in den Fluren von Bürgerhäusern, in Ministerien – und ich öffne aufs Geratewohl Türen.

Schon wenn man die Tür nur einen Spalt breit öffnet, ein großer Stich ins Herz. Man kann vorher nicht wissen, was man dahinter finden wird. Es ist nie das gleiche, es ist die Überraschung schlechthin. Hier ein reifer Mann im Morgenmantel, der gerade Kohlen in den Ofen

dans son poêle, il se retourne brusquement en suspendant son geste au-dessus des flammes oranges; là, c'est une institutrice qui s'arrête au milieu d'une phrase, ses yeux tout ronds derrière ses lunettes toutes rondes; là encore, l'insatiable curiosité d'un regard d'enfant est dardée sur moi comme une flèche.

Surtout, surtout ne pas ouvrir complètement la porte, pour conserver toute mon épaisseur de mystère. Ne laisser qu'une fente étroite. L'autre ne doit pas en savoir trop. Il est étonné, il se dit: qui est là? Qu'est-ce qu'on me veut? Il cherche à mieux voir, tous ses sens sont dirigés vers ma personne embusquée. C'est extraordinaire. Si je le croisais dans la rue, il n'aurait pas un seul regard pour moi, il ne remarquerait même pas que je le croise.

Vous ne comprenez peut-être pas. Vous n'êtes pas comme moi, vous existez naturellement. Vous possédez un corps visible, avec des contours nets. Vous déplacez de l'air quand vous marchez, vous vous détachez sur le paysage, les gens s'aperçoivent que vous êtes là. Si vous montez dans l'autobus, on se pousse pour vous laisser une place sur la banquette, si vous prenez la parole en public on se tait, on vous écoute: le son de votre voix a été perçu, on a tout de suite saisi que vous vouliez dire quelque chose. Si vous posez devant un appareil photographique, il y a une image reconnaissable sur la photo, avec une tête qui ressemble à une tête, des yeux qui sont des yeux, un vrai regard.

Je peux vous montrer une photo de moi. J'en ai des tas. Tenez, celle-ci: cette chose floue et inconsistante, c'est moi. Je suis fondu dans le décor, c'est à peine si on devine une vague silhouette falote. Je suis complètement incolore, et pourtant c'est une photo couleurs, je vous assure. Le plus

schüttet, er dreht sich jäh um und unterbricht seine Bewegung über den orangefarbenen Flammen; dort eine Lehrerin, die mitten im Satz innehält, mit ganz runden Augen hinter ganz runden Brillengläsern;

dort wieder trifft mich, wie ein Pfeil, die unstillbare Neugier eines Kinderblicks.

Vor allem, vor allem die Tür nicht völlig öffnen, damit so viel wie möglich von meinem Geheimnis bleibt! Nur einen schmalen Spalt lassen. Der andere darf nicht zu viel von mir wissen. Er ist erstaunt, er sagt sich: Wer ist da? Was will man von mir? Er versucht, mehr zu sehen, alle seine Sinne sind auf meine fast verdeckte Person gerichtet. Es ist unglaublich. Würde ich ihm auf der Straße begegnen, hätte er keinen einzigen Blick für mich, er würde nicht einmal merken, daß ich an ihm vorbeigehe.

Sie verstehen das vielleicht nicht. Sie sind nicht wie ich, Sie nehmen von Natur aus am Leben teil. Sie haben einen sichtbaren Körper, mit deutlichen Umrissen. Sie verdrängen Luft, wenn Sie gehen, Sie heben sich von der Landschaft ab, die Leute merken, daß Sie da sind. Wenn Sie in den Bus einsteigen, rückt man zusammen, um Ihnen auf der Bank Platz zu machen, wenn Sie in der Öffentlichkeit das Wort ergreifen, schweigt man, hört man Ihnen zu: der Ton Ihrer Stimme ist bemerkt worden, man hat sofort begriffen, daß Sie etwas sagen wollten. Wenn Sie vor einer Kamera stehen, ist ein erkennbares Bild auf dem Foto, mit einem Kopf, der wie ein richtiger Kopf aussieht, Augen, die richtige Augen sind, ein richtiger Blick.

Ich kann Ihnen ein Foto von mir zeigen. Ich habe eine ganze Menge. Sehen Sie dieses hier: dieses schwammige und substanzlose Etwas, das bin ich. Ich verschmelze mit dem Hintergrund, man kann kaum einen schwachen, unscheinbaren Umriß erahnen. Ich bin völlig farblos, und dennoch ist es ein Farbfoto, das versichere ich Ihnen. Das

désolant, c'est que je n'ai pas d'yeux, regardez : seulement deux trous blancs au milieu de l'image. Comment voulez-vous exister, sans les yeux ? Quelquefois je me dis que c'est parce que j'ai des yeux clairs (ils sont d'un bleu très pâle), ou bien parce que l'objectif était mal réglé. J'ai tout essayé, j'ai varié les poses, changé d'appareil. Rien à faire. En noir et blanc c'est la même chose. Une fois, je me suis fait tirer le portrait par un grand photographe, équipé du meilleur matériel. Le photographe a recommencé plusieurs fois ses épreuves avant de hocher la tête pensivement. Il n'a pas voulu que je le paye.

En réalité, je crois que je ne suis qu'une sorte d'ectoplasme. Je n'impressionne pas davantage la rétine des gens que les plaques photographiques. Je peux entrer dans la salle d'attente d'un docteur sans qu'aucune des personnes présentes lève les yeux de son journal, mais tout le monde dira bonjour au prochain arrivant, même s'il est petit, même s'il est laid, ou boutonneux, ou antipathique, même si son costume est exactement, exactement, de la couleur des murs. C'est ainsi. Et quand, d'aventure, je me hasarde à dire quelque chose, par exemple au cours d'un repas un peu arrosé, les convives continuent de parler sans faire aucune attention à moi, je dois m'arrêter au bout de trois mots. C'est ainsi.

Vous devez comprendre, maintenant. J'ai un truc pour exister un peu. Je vis d'œillades, derrière les portes entrouvertes.

Chaque fois, c'est une bouffée d'existence que je reçois en pleine figure, brûlante comme une giclée d'oxygène pur dans les poumons d'un asphyxié. Ne me plaignez pas. J'existe au compte-gouttes, mais prodigieusement. La secrétaire que je viens de surprendre derrière sa machine à écrire me regarde comme elle n'a jamais regardé aucun de ses amants,

Traurigste ist, daß ich keine Augen habe, sehen Sie mal: nur zwei weiße Löcher in der Mitte des Bildes. Wie wollen Sie leben, ohne Augen? Manchmal sage ich mir, daß es daran liegt, daß ich helle Augen habe (sie sind von wässrigem Blau) oder daß das Objektiv falsch eingestellt war. Ich habe alles versucht, ich habe die Haltung verändert, den Apparat gewechselt. Nichts zu machen. In schwarz-weiß ist es dasselbe. Einmal habe ich mir ein Porträt von einem bekannten Fotografen machen lassen, der mit dem besten Gerät ausgerüstet war. Der Fotograf hat seine Abzüge mehrmals neu gemacht, bevor er nachdenklich den Kopf geschüttelt hat. Er wollte nicht, daß ich bezahle.

In Wirklichkeit glaube ich, daß ich nur eine Art durchsichtige Hülle bin. Ich wirke auf die Netzhaut der Menschen nicht mehr als auf fotografische Platten. Ich kann in das Wartezimmer eines Arztes kommen, ohne daß eine einzige der anwesenden Personen die Augen von der Zeitung hebt, aber alle werden dem nächsten Ankömmling Guten Tag sagen, auch wenn er klein ist, auch wenn er häßlich ist, auch wenn er pickelig ist oder unsympathisch, auch wenn sein Anzug genau, ganz genau die Farbe der Wand hat. So ist das. Und wenn ich zufällig wage, etwas zu sagen, zum Beispiel im Verlauf eines feuchtfröhlichen Essens, reden die anderen Gäste weiter, ohne irgendwie auf mich aufmerksam zu werden, ich muß nach drei Worten aufhören. So ist das.

Jetzt können Sie mich bestimmt verstehen. Ich habe einen Trick, um ein bißchen vorhanden zu sein. Ich lebe von Blickkontakten durch halbgeöffnete Türen.

Jedes Mal bekomme ich einen Stoß Leben mitten ins Gesicht, brennend wie ein Spritzer reinen Sauerstoffs in die Lunge eines Erstickenden. Bedauern Sie mich nicht. Ich lebe tröpfchenweise, aber großartig. Die Sekretärin, die ich gerade hinter ihrer Schreibmaschine überrascht habe, sieht mich an, wie sie nie einen ihrer Liebhaber angesehen hat, und für das Kind, das mich mit Blicken

et pour l'enfant qui me dévisage, je suis plus que Tarzan, Zorro et le Père Noël réunis. Ne me plaignez pas. Mon truc marche bien.

Cette porte-là n'était pas comme les autres.

Je n'ai pas compris tout de suite pourquoi, et pourtant c'était tout simple : elle était *déjà* entrouverte.

Je vais dire une chose absurde : il m'a semblé qu'on l'avait entrebâillée d'une façon spéciale. C'est absurde, parce qu'il n'y a pas trente-six façons pour une porte d'être entrebâillée, mais je le dis comme je l'ai senti à ce moment-là : il m'a semblé qu'on m'attendait.

J'ai jeté un coup d'œil dans la pièce. Elle était plutôt obscure, seulement éclairée par l'abat-jour d'une lampe posée à même le tapis. Et sur le tapis, entre la lampe et un gros objet brillant, il y avait un corps humain bizarrement recroquevillé. De temps à autre, un bref gémissement s'en échappait, une sorte d'appel un peu mécanique, une plainte d'animal blessé.

Au bout d'un moment je me suis décidé à entrer. Je me trouvais dans un salon cossu, avec des rideaux en velours, des tableaux aux murs, et des bibelots rares sur des meubles de style, pour autant que je pouvais en juger. L'objet brillant était un fauteuil d'infirme, adossé à la table en bois massif qui trônait au milieu du salon. L'homme sur le tapis avait dû tomber du fauteuil, il ne pouvait pas se relever tout seul.

Je me suis approché de lui. C'était mon frère. Je ne peux pas mieux dire. Un type maigre, couleur de crépuscule et de solitude. Lui aussi avait deux trous blancs au milieu du visage, mais ce n'était pas seulement une illusion photographique. Je crois que ses yeux ne voyaient pas plus que ses

durchbohrt, bin ich mehr als Tarzan, Zorro und der Weihnachtsmann zusammen. Bedauern Sie mich nicht. Mein Trick funktioniert.

Diese Tür war nicht wie die anderen.

Ich habe nicht sofort gemerkt warum, aber im Grunde war es ganz einfach: Sie war schon leicht geöffnet gewesen!

Ich werde etwas Verrücktes sagen: Es kam mir vor, als hätte man sie auf eine besondere Weise angelehnt. Das ist verrückt, denn es gibt für eine Tür nicht Dutzende von Arten, angelehnt zu sein, aber ich sage, was ich in jenem Augenblick empfand: Es schien mir, als würde ich erwartet.

Ich habe einen Blick in das Zimmer geworfen. Es war ziemlich dunkel, nur durch den Schirm einer Lampe erhellt, die gleich auf dem Teppich stand. Auf dem Teppich, zwischen der Lampe und einem großen, blanken Gegenstand, lag ein menschlicher Körper, merkwürdig zusammengekrümmt. Von Zeit zu Zeit kam von dort ein kurzes Stöhnen, ein etwas monotoner Ruf, die Klage eines verletzten Tieres.

Nach einer Weile beschloß ich hineinzugehen. Ich stand in einem ansehnlichen Wohnzimmer mit Samtvorhängen, Gemälden an den Wänden und seltenen Nippfiguren auf den Stilmöbeln, soweit ich das beurteilen konnte. Der blanke Gegenstand war ein Rollstuhl und lehnte an einem massivhölzernen Tisch, der in der Mitte des Wohnzimmers prangte. Der Mann auf dem Teppich mußte aus dem Rollstuhl gefallen sein und konnte nicht alleine wieder aufstehen.

Ich habe mich ihm genähert. Es war mein Bruder. Ich kann es nicht besser ausdrücken. Eine magere Gestalt in einem Farbton aus Dämmerung und Einsamkeit. Auch er hatte zwei weiße Löcher in der Mitte des Gesichts, und das war nicht bloß eine fotografische Täuschung. Ich glaube, daß seine Augen nicht besser sahen als seine Fü-

jambes ne marchaient. Je me suis baissé pour le soulever dans mes bras.

Il ne pesait rien. Je l'ai senti frissonner, il s'est réfugié contre ma poitrine à la façon d'un bébé dans les bras de sa mère. Il avait cessé de gémir. Je ne l'entendais même plus respirer, on aurait dit que tout son être chétif était occupé à pomper un peu de ma chaleur à travers nos vêtements.

Je l'ai gardé comme cela une minute. Son front niché au creux de mon cou était glacé, comme la peau d'une de ces bestioles à sang froid qui meurent si le soleil se cache, comme une rainette surprise par l'hiver. Et puis, quelque chose s'est mis à palpiter. Le petit corps agrenouillé contre le mien se réchauffait peu à peu, respirait de nouveau, recommençait à vivre. L'existence lui revenait, je la sentais couler dans le réseau tiède de ses veines.

Je l'ai assis dans le fauteuil. Il s'est laissé faire, il n'a pas cherché à s'accrocher à moi. Ses joues étaient devenues roses. Il avait sa ration de chaleur, pour un temps.

Je suis sorti sur la pointe des pieds, sans fermer la porte complètement et, au lieu de continuer mon chemin en quête d'autres portes, je suis resté derrière le battant, sans bouger.

Il s'est passé un long moment, durant lequel l'être sur le fauteuil est resté immobile lui aussi, les yeux fermés, sa poitrine se soulevant en cadence, de plus en plus faiblement. Enfin il a écarté les bras pour poser ses mains sur les roues du fauteuil et, avec une vivacité qui m'a laissé interdit, il s'est voituré jusqu'à la porte. Il était tout près de moi. L'hiver déjà s'engouffrait à nouveau dans ses yeux vides.

Il a vérifié que la porte était correctement entrebâillée, puis il est revenu vers le tapis en grande

ße laufen konnten. Ich bückte mich, um ihn in die Arme zu nehmen und aufzurichten.

Er wog überhaupt nichts. Ich spürte, daß er fröstelte, er drückte sich an meine Brust wie ein Baby in den Armen seiner Mutter. Er hatte aufgehört zu stöhnen. Ich hörte ihn nicht einmal mehr atmen, man konnte meinen, sein ganzes schwächliches Wesen sei damit beschäftigt, ein wenig von meiner Wärme durch unsere Kleider zu pumpen.

Eine Minute lang habe ich ihn so gehalten. Seine Stirn, in meine Halsbeuge gebettet, war eiskalt, wie die Haut eines dieser kleinen Kaltblüter, die sterben, wenn die Sonne untergeht, oder wie ein Laubfrosch, den der Winter überrascht. Und dann begann etwas zu zucken. Der kleine Körper, der sich froschartig an mich gekuschelt hatte, wärmte sich langsam auf, atmete von neuem, begann wieder zu leben. Das Leben kam zu ihm zurück, ich spürte es in das lauwarme Netz seiner Venen strömen.

Ich setzte ihn in den Rollstuhl. Er ließ es mit sich machen, versuchte nicht, sich an mich zu klammern. Seine Wangen waren jetzt rosig. Er hatte sein Maß Wärme, für einige Zeit.

Ich ging auf Zehenspitzen hinaus, ohne die Tür ganz zu schließen, und anstatt meinen Weg auf der Suche nach neuen Türen fortzusetzen, blieb ich reglos hinter der Tür stehen.

Es verging eine ganze Weile, in der auch das Wesen auf dem Stuhl unbeweglich blieb, seine Augen waren geschlossen, seine Brust hob sich im Takt, immer schwächer. Schließlich breitete er die Arme aus, um seine Hände auf die Räder des Rollstuhls zu legen,

und bewegte sich mit einer Geschwindigkeit, die mich sprachlos machte, an die Tür. Er war mir ganz nahe. Der Winter drang schon wieder in seine leeren Augen.

Er vergewisserte sich, daß die Tür genau so angelehnt war, wie sie sollte, dann fuhr er in großer Eile zum Tep-

hâte. Au passage son soulier a accroché par inadvertance le fil de la lampe, qui s'est éteinte. La
pièce n'était plus éclairée que par une vague lueur filtrant sous les rideaux. Dans la pénombre,
je l'ai deviné qui s'arc-boutait par-dessus le fauteuil, en repoussant la table de ses bras. Il a
mis longtemps pour parvenir à ses fins, ses bras
n'étaient pas plus gros que ceux d'un enfant. Il a
quand même réussi à basculer, il est tombé sur le
tapis, presque silencieusement.

Je ne le voyais plus. Mais je l'entendais : il avait
recommencé de pousser son gémissement ténu
en forme d'appel, une note flûtée d'alyte toutes
les dix secondes, à peine audible.

Sans faire de bruit j'ai ouvert la porte, j'ai re-
branché la prise de la lampe et je suis parti.

Je me souvenais soudain que j'avais d'autres
portes à visiter. Je m'étais attardé longtemps. Ma
propre existence ne coulait presque plus du tout.

pich zurück. Auf dem Weg blieb sein Schuh aus Versehen am Kabel der Lampe hängen; die erlosch. Das Zimmer wurde nur noch von einem blassen Schimmer beleuchtet, der unter den Gardinen hervordrang. Im Halbdunkel konnte ich ahnen, wie er sich aus dem Rollstuhl hinausbeugte und sich mit den Armen vom Tisch abstieß. Er brauchte lange, um sein Ziel zu erreichen, seine Arme waren nicht dicker als die eines Kindes. Er schaffte es trotzdem; er kippte um und fiel auf den Teppich, beinahe lautlos.

Ich sah ihn nicht mehr. Aber ich hörte ihn: Er hatte wieder angefangen, seine schwachen Klagelaute auszustoßen, die wie Rufe waren, alle zehn Sekunden der geflötete Ton der Geburtshelferkröte, kaum hörbar.

Lautlos habe ich die Tür geöffnet, habe den Stecker der Lampe wieder eingesteckt und bin gegangen.

Ich erinnerte mich plötzlich, daß ich noch andere Türen aufsuchen mußte. Ich hatte mich zu lange aufgehalten. Mein eigenes Leben regte sich fast gar nicht mehr.

Allongée sur une chaise longue, à l'ombre dense des figuiers, la vieille Suzanne observait l'horizon vibrant de chaleur. L'été serait précoce cette année. Avril avait déjà donné aux parterres de fleurs une exubérance colorée et presque féroce, les grenadiers avaient trop tôt sorti leurs bourgeons et la vigne qui courait autour de la maison jaunissait déjà. Vaillamment accrochée aux grilles délimitant le jardin, elle était dévorée régulièrement par des hordes de chèvres qui se promenaient librement dans l'oasis, en quête de nourriture.

Le soleil avait basculé de l'autre côté du zénith mais l'atmosphère demeurait torride et ondoyante, mêlant ciel et terre dans un riche camaïeux d'ocres splendides.

Une douce torpeur envahissait peu à peu Suzanne, une tendre mollesse faite de bien-être et de rêverie qui la tenait immobile, lors même que des images venues de loin envahissaient tout à la fois sa mémoire et l'horizon. Des images soulignées par des rires d'enfants. Etait-ce un groupe de nomades remontant vers le nord? La saison des transhumances avait commencé et il arrivait parfois qu'une tribu s'arrêtât pour acheter du sel.

A moins que . . .

Evitant de rompre le charme, la vieille Suzanne se releva lentement et se dirigea vers la porte en fer forgé du jardin; elle portait bien ses cheveux blancs bouclés, sa robe de toile écrue et ses espadrilles assorties.

– Bonjour! Je voudrais un verre d'eau douce, s'il vous plaît! Un visage hâlé et rayonnant lui souriait de l'autre côté de la grille. Un visage d'en-

Fatima Gallaire
Jessie oder der Ruf aus der Wüste

Auf einem Liegestuhl im dichten Schatten der Feigenbäume ausgestreckt, beobachtete die alte Suzanne den
Horizont, der vor Hitze flimmerte. Der Sommer würde
dieses Jahr früh kommen. April hatte den Blumenbeeten
schon eine bunte und beinahe wilde Fülle geschenkt, die
Granatapfelbäume hatten zu früh ihre Knospen heraus-
gestreckt, und der Weinstock, der um das Haus herum-
lief, wurde schon gelb. Tapfer an das Gitter geklammert,
das den Garten begrenzte, wurde er regelmäßig von
Ziegenherden abgefressen, die frei in der Oase umher-
liefen und etwas zu fressen suchten.

Die Sonne war auf die andere Seite des Zenits gerückt,
aber die Luft blieb heiß und wogend, mischte Himmel
und Erde in ein prächtiges Gemälde aus herrlichen Ocker-
tönen.

Eine süße Schwere drang nach und nach in Suzanne
ein, eine zarte Trägheit aus Wohlsein und Träumerei, die
sie reglos bleiben ließ, selbst als Bilder, die aus der Ferne kamen, zugleich ihre Erinnerung und den Horizont
bestürmten.

Bilder, von Kinderlachen begleitet. War das
eine Nomadengruppe, die wieder nach Norden zog? Die
Zeit der Wanderschäferei hatte begonnen, und es kam
manchmal vor, daß ein Stamm haltmachte, um Salz zu
kaufen.

Es sei denn...

Die alte Suzanne vermied es, den Zauber zu brechen.
Sie stand langsam auf und ging an das schmiedeeiserne
Gartentor; ihr lockiges, weißes Haar, ihr Kleid aus un-
gebleichtem Leinen und die dazu passenden Espandrillen
standen ihr gut.

«Guten Tag! Ich hätte gern ein Glas Trinkwasser,
bitte!» Ein gebräuntes und strahlendes Gesicht lächelte
ihr von der anderen Seite des Gitters zu. Ein Kinderge-

fant surmonté de cheveux lisses d'une blondeur presque irréelle.

– Attends, je vais ouvrir.

– Oh non, Madame! Je ne veux pas vous déranger! Juste un verre d'eau. Je reviens du désert. Maman m'attend pour le goûter mais il faut encore que j'arrive à la maison.

– Mais... Tu es le fils du faiseur de pluie?

– Oui. Mon papa essaie de faire tomber de l'eau sur le désert.

– Rappelle-moi ton nom déjà?

– Jess... Mais on m'appelle Jessie.

– Yemna! appela la vieille dame.

La femme de ménage s'encadra aussitôt dans la porte de la maison. C'était une grande négresse, encore jeune mais sans beauté.

– Un verre d'eau douce et fraîche pour Jessie. De l'eau en bouteille, hein? Pas celle du robinet, elle est saumâtre.

Le sourire de la servante disparut. Elle sembla se pétrifier.

– Yemna, dépêche-toi! Un verre d'eau!

– Pour qui?

– Pour Jessie que voilà! dit la vieille Suzanne avec un grand geste du bras vers la porte en fer forgé qui laissait voir l'immensité du désert. L'enfant souriant avait disparu.

– Jessie?

Un début de colère crispa les traits de la vieille Française qui s'en prit à sa servante :

– Tu vois ce que tu as fait? Il est parti sans boire.

– Qui?

– Tu es sourde? Jessie! Jessie est revenu.

– La Vieille, dit Yemna avec respect, tu devrais rentrer. Tu as pris trop de chaleur aujourd'hui. Avec cette manie que tu as de faire la sieste dehors!

sicht unter glatten Haaren von geradezu unwirklichem Blond.

«Warte, ich mache auf.»

«Oh nein, Madame! Ich möchte Sie nicht stören! Nur ein Glas Wasser. Ich komme aus der Wüste zurück. Mama wartet zum Essen auf mich, aber ich muß noch bis nach Hause kommen.»

«Aber... Bist du nicht der Sohn des Regenmachers?»

«Ja. Mein Papa versucht, es über der Wüste regnen zu lassen.»

«Sag mir doch nochmal deinen Namen.»

«Jess... Aber man nennt mich Jessie.»

«Yemna!» rief die alte Dame.

Sogleich erschien die Wirtschafterin in der Tür des Hauses. Es war eine große Schwarze, noch jung, aber ohne Schönheit.

«Ein Glas frisches Trinkwasser für Jessie. Wasser aus der Flasche, ja? Nicht das aus der Wasserleitung, das ist brackig.»

Das Lächeln der Dienerin verschwand. Sie schien zu versteinern.

«Yemna, beeil dich! Ein Glas Wasser!»

«Für wen?»

«Für Jessie dort vorne!» sagte die alte Suzanne mit einer großen Armbewegung nach dem schmiedeeisernen Tor hin, durch das die unendliche Größe der Wüste zu sehen war. Das lächelnde Kind war verschwunden.

«Jessie?»

Ein Anflug von Wut verzerrte die Züge der alten Französin, die ihrer Dienerin die Schuld zuschob:

«Siehst du, was du angerichtet hast? Er ist gegangen, ohne zu trinken.»

«Wer?»

«Bist du taub? Jessie! Jessie ist zurückgekommen.»

«Alte Frau», sagte Yemna respektvoll, «du solltest ins Haus gehen. Du hast heute zu viel Hitze abbekommen. Bei deiner Unart, mittags draußen zu schlafen!»

— Tu n'écoutes pas ce que je te dis! Jessie est revenu!

— J'ai entendu, j'ai entendu. Allez viens! J'ai fait du thé glacé comme tu l'aimes!

— Non, pas de thé! Me reste-t-il encore de ce vin pétillant?

— Oui. Puisque tu ne l'as pas bu, personne ne l'a bu.

— Ouvre-la moi! Ouvre-moi cette petite bouteille! Nous allons trinquer.

— Tu sais que je ne peux boire avec toi!

— Ah, c'est vrai!

— Tu n'as qu'à l'emporter chez Mme de la Brosse. Tu n'as pas oublié que tu dînes ce soir chez elle?

— Dieu te bénisse!

— Allez, viens!

La servante prit tendrement le bras de la vieille Suzanne, non pour l'aider mais simplement pour lui signifier sa présence et son amitié et les deux femmes entrèrent du même pas dans la maison.

L'hôtesse annonça qu'il y aurait du pâté au dîner et cette bonne nouvelle fut accueillie par un brouhaha joyeux et des applaudissements. Mme de la Brosse sourit et expliqua qu'elle avait le matin même reçu un colis de victuailles, de la part de son cousin de Bretagne. Enfin, elle dit son inquiétude pour le vin sorti du réfrigérateur depuis un moment et qui serait peut-être trop chaud.

— Il sera parfait, la rassura M. Juillet, l'instituteur. Tout est toujours parfait chez vous.

— Et nous en sommes bien aise, déclara M. Bonnet, responsable du chantier de silos.

— Attendons que la brise de mer se lève pour respirer un peu et nous attaquer à toutes ces bonnes choses, suggéra Mme Bonnet.

«Du hörst nicht auf das, was ich dir sage! Jessie ist zurückgekommen!»

«Ich habe gehört, ich habe gehört. Nun komm! Ich habe Eistee gemacht, wie du ihn gern magst!»

«Nein, keinen Tee! Habe ich noch was von dem Perlwein?»

«Ja. Da du ihn nicht getrunken hast, hat niemand ihn getrunken.»

«Mach sie mir auf! Mach mir die kleine Flasche auf! Wir wollen anstoßen.»

«Du weißt doch, daß ich nicht mit dir trinken kann!»

«Ach ja, stimmt!»

«Du brauchst sie nur mit zu Madame de la Brosse zu nehmen. Du hast doch nicht vergessen, daß du heute abend bei ihr ißt?»

«Gott segne dich!»

«Nun komm!»

Die Dienerin nahm liebevoll den Arm der alten Suzanne, nicht um ihr zu helfen, sondern einfach, um ihr ihre Anwesenheit und Zuneigung zu zeigen, und die beiden Frauen gingen gleichen Schrittes ins Haus.

Die Gastgeberin kündigte an, es gebe Pastete zum Abendessen, und diese gute Nachricht wurde mit freudigem Lärm und Beifall aufgenommen. Madame de la Brosse lächelte und erklärte, sie habe gerade an jenem Morgen ein Lebensmittelpaket von ihrem Cousin aus der Bretagne erhalten. Schließlich zeigte sie sich um den Wein besorgt, der schon vor einer Weile aus dem Kühlschrank genommen worden und vielleicht zu warm sei.

«Er wird vollkommen sein», beruhigte sie der Studienrat Juillet. «Es ist immer alles vollkommen bei Ihnen.»

«Und wir fühlen uns sehr wohl dabei», erklärte Monsieur Bonnet, der Bauleiter der Silobaustelle.

«Warten wir, bis die Meeresbrise aufkommt, damit es sich leichter atmen läßt, und machen uns erst dann an all diese guten Dinge heran», schlug Madame Bonnet vor.

— J'espère que nous n'attendrons pas jusqu'à
minuit ! soupira la doctoresse. Spécialiste des ma-
ladies tropicales et exerçant depuis peu dans le
petit dispensaire de l'oasis, elle ne s'habituait décidément pas à la chaleur.

La petite colonie française se réunissait de temps
à autre chez Mme de la Brosse autour d'un dîner
simple et bon. La bonne humeur était de mise, les
bons appétits bien vus. La vieille Suzanne, qui ne
sortait plus guère, rehaussait parfois de sa présence
tutélaire ces réunions tardives. Ce jour-là, elle ne
put se retenir plus longtemps et parla fort pour
couper court aux conversations :

— Connaissez-vous la dernière ? lança-t-elle de
sa voix puissante. Quelques réponses plaisantes
fusèrent :

— On va détourner le fleuve !   [douce !
— Et le nettoyer pour nous donner de l'eau
— L'ambassadeur vient nous rendre visite !
— Le curé de Zarzis en finit avec ses amours
ancillaires et épouse sa bonne. Après l'avoir con-
vertie !

— Un consul français s'installe dans l'oasis.
— Je vous en prie, dit l'hôtesse, laissez parler
Suzanne !

Un silence relatif flotta pour accueillir la nouvelle. La vieille respira bien, avant de lancer sa
bombe :

— Jessie est revenu !

L'assistance éprouva une peur subite, un verre
se brisa sur le carrelage et, de loin, parvinrent
les aboiements hargneux des chiens sauvages.
Le désert devint, dans l'obscurité alentour, une
présence tangible et menaçante. Mme de la Brosse
tenta de concilier les inconciliables :

84   — Ah ! Vous voulez parler d'un rêve, Suzanne ?
85   — Mais pas du tout !

«Ich hoffe, wir warten nicht bis Mitternacht», seufzte die Doktorin. Die Spezialistin für Tropenkrankheiten, erst seit kurzem in der kleinen Ambulanz der Oase tätig, konnte sich einfach nicht an die Hitze gewöhnen.

Die kleine Gruppe ortsansässiger Franzosen fand sich von Zeit zu Zeit bei Madame de la Brosse zu einem einfachen und guten Abendessen zusammen. Gute Laune war Bedingung, guter Appetit gern gesehen. Die alte Suzanne, die kaum noch ausging, krönte diese späten Zusammenkünfte gelegentlich durch ihre Anwesenheit, wie eine Schutzpatronin. An diesem Tag konnte sie nicht lange an sich halten; sie sprach laut, um die Unterhaltungen zu beenden:

«Wissen Sie schon das Neueste?» rief sie mit ihrer kräftigen Stimme. Einige scherzhafte Antworten schossen hervor:

«Man wird den Fluß umleiten!»

«Und ihn reinigen, damit wir Trinkwasser haben!»

«Der Botschafter kommt zu Besuch!»

«Der Pfarrer von Zarzis hört mit seinen Mädchenliebschaften auf und heiratet seine Haushälterin. Nachdem er sie bekehrt hat!»

«Ein französischer Konsul läßt sich in der Oase nieder.»

«Ich bitte Sie», sagte die Gastgeberin, «lassen Sie Suzanne erzählen!»

Die Gesellschaft wurde leiser, um die Neuigkeit aufzunehmen. Die Alte atmete gut durch, bevor sie ihre Bombe warf:

«Jessie ist zurückgekommen!»

Das Publikum spürte eine plötzliche Angst, ein Glas zerschellte auf den Steinfliesen, von weitem drang das zänkische Gebell der wilden Hunde herein. In der Dunkelheit wurde die Wüste zu einer faßbaren und bedrohlichen Gegenwart. Madame de la Brosse versuchte, zwischen den Fronten zu vermitteln:

«Ach! Sie sprechen von einem Traum, Suzanne?»

«Aber ganz und gar nicht!»

– C'est une légende, non? s'informa la doctoresse.

– C'est à dire que...

– Mais enfin, affirma brutalement M. Bonnet,
tout le monde sait que Jessie est mort depuis longtemps.

La vieille dame, frappée au cœur, embellit cu-
rieusement:

– C'est ce que j'essaie de vous dire, murmura-
t-elle. Il n'est pas mort, il est revenu.

– Et si nous passions à table? suggéra encore
l'hôtesse.

– Ah non, s'obstina M. Bonnet, j'aimerais bien
comprendre.

– Voilà, dit joyeusement Suzanne, il est revenu
aujourd'hui et il m'a demandé à boire. Comme la
première fois.

– Et la première fois, c'était quand?

– Oh, j'étais petite fille! rêva Suzanne. Nous
avions le même âge, Jessie et moi.

– Et Jessie est revenu?

– Oui.

– Et quel âge ça lui fait?

– Oh, il est resté le même! L'amour du désert l'a
bien conservé. J'ai toujours su qu'il reviendrait.

Un silence gêné suivit cette déclaration. Puis on
entendit des lamentations venant de la cuisine;
la servante de Mme de la Brosse protestait que
le rôti était déjà trop cuit. Elle demanda, mécon-
tente, si elle devait le servir au petit déjeuner.
L'hôtesse, habituée à la mauvaise humeur de sa
bonne, sourit et pressa tout le monde vers la salle
à manger. Mentalement, elle fit la liste des sujets
de conversation à lancer pendant le dîner.

Pour la première fois depuis longtemps, Suzanne
se réveilla tard le lendemain. Elle fit sa toilette,

«Es ist eine Legende, nicht wahr?» erkundigte sich die Doktorin.

«Das heißt...»

«Aber bitte», warf Monsieur Bonnet plötzlich heftig ein, «alle Welt weiß doch, daß Jessie seit langem tot ist.»

Die alte Dame, zutiefst getroffen, bekam eine seltsame Schönheit:

«Das will ich Ihnen ja gerade sagen», murmelte sie. «Er ist nicht tot, er ist zurückgekommen.»

«Sollten wir nicht zu Tisch gehen?» schlug die Gastgeberin wieder vor.

«Oh nein», versteifte sich Monsieur Bonnet, «ich würde das gern verstehen.»

«Also», sagte Suzanne freudig, «er ist heute zurückgekommen, und er hat mich um etwas zu trinken gebeten. Wie beim ersten Mal.»

«Und das erste Mal, wann war das?»

«Oh, ich war ein kleines Mädchen!» träumte Suzanne. «Wir waren gleich alt, Jessie und ich.»

«Und Jessie ist zurückgekommen?»

«Ja.»

«Und wie alt ist er?»

«Oh, er ist der gleiche geblieben. Die Liebe zur Wüste hat ihn jung gehalten. Ich habe immer gewußt, daß er zurückkommen würde.»

Eine peinliche Stille folgte dieser Erklärung. Dann hörte man Klagen aus der Küche, die Dienerin von Madame de la Brosse beschwerte sich, daß der Braten schon allzu gar sei. Sie fragte mißmutig, ob sie ihn zum Frühstück servieren solle. Die Gastgeberin, an die schlechte Laune ihrer Haushälterin gewöhnt, lächelte und drängte alle zum Eßzimmer. Im Geiste sammelte sie Themen, die sie während des Abendessens ins Gespräch bringen wollte.

Zum ersten Mal seit langer Zeit wachte Suzanne am folgenden Morgen spät auf. Sie wusch sich, zog sich an

s'habilla comme pour une fête et savoura sa première tasse de thé. Puis elle s'adressa à sa bonne:

— Tu as beaucoup de travail aujourd'hui?

— J'ai commencé la lessive.

— Tu vas laisser ça et aller au village. Je veux que
tu me trouves un taxi.

— Tu veux aller en ville, la Vieille?

— Non, je veux retrouver Jessie.

— Tu ne t'es pas fait piquer hier par une petite
bête méchante, sous le figuier? Le muezzin m'a
dit que Jessie était parti il y a cinquante ans!

— Et alors? Fais ce que je te dis!

La journée s'annonçait torride. La matinée était
déjà irrespirable. Ici, un été trop précoce annonçait souvent un malheur. Une peur diffuse flottait
dans l'atmosphère.

Il y a encore une trentaine d'années, l'oasis
était florissante. Mais l'assèchement de la rivière
proche et la maladie du palmier avaient peu à peu
anémié le village. La construction actuelle d'un
port et d'un important silo à grains sauverait
peut-être de la mort cette agglomération partagée
entre le désert et la mer.

Le vieux taxi cahotait péniblement sur la piste
sableuse.

— La maison du faiseur de pluie, insista Suzanne.
Je sais que tu la connais.

— La maison d'un homme aussi bon, qui a passé sa vie à essayer de nous donner de la pluie,
comment pourrais-je l'oublier?

— Tu parles toujours aussi bien le français, bandit. Vieux bandit, devrais-je dire, puisque tu as
mon âge. Et pourtant, je me souviens, tu ne voulais pas venir à l'école.

— Tu sais pourquoi, Suzanne, tu sais pourquoi.

wie für ein Fest und genoß ihre erste Tasse Tee. Dann wandte sie sich an ihre Dienerin.

«Hast du heute viel Arbeit?»

«Ich habe mit der Wäsche angefangen.»

«Du wirst das liegenlassen und ins Dorf gehen. Ich möchte, daß du mir ein Taxi holst.»

«Möchtest du in die Stadt gehen, alte Frau?»

«Nein, ich möchte Jessie wiederfinden.»

«Dich hat wohl gestern ein böses kleines Tier gestochen, unterm Feigenbaum? Der Muezzin hat mir gesagt, daß Jessie vor fünfzig Jahren fortgegangen ist!»

«Na und? Tu, was ich dir sage!»

Der Tag versprach, heiß zu werden. Schon am Vormittag konnte man kaum noch atmen. Hierzulande kündigt ein verfrühter Sommer oft ein Unglück an. Etwas wie Angst schwebte in der Luft.

Noch vor dreißig Jahren war dies eine blühende Oase gewesen. Aber das Austrocknen des nahen Flusses und die Palmenkrankheit hatten nach und nach das Dorf verkümmern lassen. Der jetzt begonnene Bau eines Hafens und eines großen Kornsilos würde diese Siedlung zwischen Meer und Wüste vielleicht vor dem Untergang retten.

Das alte Taxi rumpelte mühsam über die sandige Fahrbahn.

«Das Haus des Regenmachers», beharrte Suzanne. «Ich weiß, daß du es kennst.»

«Das Haus eines so guten Mannes, der sein Leben lang versucht hat, uns Regen zu schenken, wie könnte ich es vergessen?»

«Du sprichst immer noch so gut französisch, du Gauner. Alter Gauner, müßte ich sagen, denn du bist so alt wie ich. Aber ich weiß noch: Du wolltest nicht in die Schule kommen.»

«Du weißt doch warum, Suzanne, du weißt doch warum.»

— Tu rêvais d'indépendance, hein? Et maintenant, tu en rêves toujours?

— Oh! Maintenant, dit le vieux chauffeur, je rêve surtout de manger.

— Je te paierai bien, vieux frère.

— J'ai confiance. Je te la trouverai, ta ruine.

— Comment ça, une ruine?

— Bien sûr, cela fait des années et des années qu'elle est ouverte à tous vents. Les chiens sauvages, les chacals, les hyènes, sans compter les chèvres... Tu crois que ça conserve une maison, ça?

— Mon Dieu...

A la fin de la matinée, ils repérèrent au loin la vieille habitation. Les ondes de chaleur la faisaient paraître éloignée mais le taxi y arriva quelques instants plus tard.

— Voilà! dit le chauffeur. C'était une belle villa, je me souviens.

— Bon, fit Suzanne en ouvrant la portière, je vais aller visiter le palace.

Quelques murs tenaient encore debout, soutenant ce qui restait d'un toit largement effondré. Une population de cactus avait envahi tous les espaces libres et, ici et là, une fleur grasse et jaune exhibait sa beauté au milieu d'une végétation d'un vert sec.

— Tu ne bouges pas, Suzanne. Je n'ai pas envie de ramener ton cadavre. Tu te doutes bien que les scorpions et les vipères cornues n'auront pas laissé vide un paradis pareil!

— Tu crois?

— Je le sais. Allez, regarde-la bien ta ruine, qu'on puisse repartir.

— Jessie ne peut pas être revenu là!

— Ah, si tu me demandes de faire le taxi, je fais

«Du hast von Unabhängigkeit geträumt, nicht wahr? Und jetzt, träumst du immer noch davon?»

«Oh! Jetzt», sagte der alte Fahrer, «träume ich hauptsächlich vom Essen.»

«Ich werde ordentlich bezahlen, alter Bruder.»

«Ich vertraue dir. Ich werde sie für dich finden, deine Ruine.»

«Wieso Ruine?»

«Natürlich, schon seit vielen Jahren steht sie allen Winden offen. Die wilden Hunde, die Schakale, die Hyänen, ganz abgesehen von den Ziegen... Glaubst du, daß das einem Haus bekommt?»

«Mein Gott...»

Am Ende des Vormittags erkannten sie in der Ferne die alte Behausung. Die Hitzewellen ließen sie weit entfernt erscheinen, aber das Taxi war schon wenige Augenblicke später da.

«Da ist es», sagte der Fahrer. «Es war einmal eine schöne Villa, das weiß ich noch.»

«Nun gut», sagte Suzanne und öffnete die Tür, «dann werde ich das Grandhotel mal besichtigen.»

Ein paar Mauern standen noch aufrecht und hielten, was von einem fast ganz eingestürzten Dach übriggeblieben war. Ein Kakteenvolk hatte sich über alle freien Stellen hergemacht, und hier und da stellte eine fette und gelbe Blüte mitten in trockengrünem Pflanzenwuchs ihre Schönheit zur Schau.

«Rühr dich nicht, Suzanne. Ich möchte nicht gerne mit deiner Leiche nach Hause fahren. Du kannst dir doch denken, daß Skorpione und Hornvipern ein solches Paradies nicht leerstehen lassen!»

«Glaubst du?»

«Ich weiß es. Los, schau sie dir gut an, deine Ruine, damit wir wieder fahren können.»

«Hierher kann Jessie nicht zurückgekommen sein!»

«Hör mal: Wenn du mich bittest, Taxi zu fahren,

le taxi. Si tu me demandes de faire le Bon Dieu, je ne fais rien !

La vieille dame s'abîma dans ses pensées. Le chauffeur respecta son silence et démarra aussitôt quand elle lui dit :

— Ramène-moi au village, vieux frère. Tu me déposeras à l'école française et tu m'attendras.

— Ah ! L'école française. Elle ferme cette année... Les choses s'en vont petit à petit. Le chantier aussi sera terminé à la fin de l'été. Toi aussi, tu partiras sans doute.

— Jamais ! Je ne suis pas née ici peut-être, mais je n'ai jamais vécu ailleurs. Toutes les fois que je suis allée en vacances en France, j'en suis revenue très fatiguée. Tu me prends pour une touriste ?

Luxe suprême, l'école comportait un rez-de-chaussée qui servait à faire la classe et un étage où logeait l'instituteur. Suzanne préféra attendre dans la cour et quand Ralia, la femme de ménage, sortit prendre de l'eau, elle l'aborda.

— Tu te souviens de moi ?

— Oui, la Vieille.

— Ta mère me connaît bien.

— Et elle dit du bien de toi.

— Elle a bien connu Jessie.

Une lueur de contrariété dérangea un moment les traits réguliers de la jeune femme.

— T'a-t-elle jamais dit qu'il devait revenir ?

— La légende ?

— Non. La réalité. La légende, je la connais. Il peut revenir le vendredi pour emporter les enfants qui ne se tiennent pas sages. Non, je veux autre chose.

— Il est revenu ?

— Peut-être. Mais je suis la seule à l'avoir vu.

— Alors il est revenu pour toi seule.

fahre ich Taxi. Wenn du mich bittest, den lieben Gott zu spielen, tue ich nichts!»

Die alte Dame versank in ihre Gedanken. Der Fahrer achtete ihre Stille und startete sofort, als sie ihm sagte:

«Bring mich ins Dorf zurück, alter Bruder. Du setzt mich an der französischen Schule ab und wartest auf mich.»

«Oh! Die französische Schule. Sie schließt dieses Jahr. Alles geht mit der Zeit fort. Auch die Baustelle wird am Ende des Sommers abgeschlossen sein. Du wirst wohl auch gehen.»

«Niemals! Ich bin vielleicht nicht hier geboren, aber ich habe nie woanders gelebt. Immer, wenn ich nach Frankreich in Urlaub gefahren bin, bin ich erschöpft wiedergekommen. Hältst du mich für eine Touristin?»

Der ganze Luxus der Schule war ein Erdgeschoß, das als Klassenraum diente, und eine Etage, in der der Lehrer wohnte. Suzanne zog es vor, im Hof zu warten, und als Ralia, die Haushälterin, zum Wasserholen herauskam, sprach sie sie an.

«Erinnerst du dich an mich?»

«Ja, alte Frau.»

«Deine Mutter kennt mich gut.»

«Und sie spricht gut von dir.»

«Sie hat Jessie gut gekannt.»

Ein Anflug von Verstimmung störte für einen Augenblick die regelmäßigen Züge der jungen Frau.

«Hat sie jemals gesagt, er werde wiederkommen?»

«Nach der Legende?»

«Nein. In Wirklichkeit. Die Legende kenne ich. Danach kann er jeden Freitag wiederkommen, um die ungezogenen Kinder zu holen. Nein, ich meine etwas anderes.»

«Ist er zurückgekommen?»

«Vielleicht. Aber ich bin die einzige, die ihn gesehen hat.»

«Dann ist er für dich allein zurückgekommen.»

– Tu me parles avec ta tête ou avec ton cœur?

– Je parle comme tu veux.

– Non. Parle-moi comme il faut. Tu les connais, les anciennes du village. Qu'en penseraient-elles?

– Elles penseraient que tu dois te tenir prête...

– Je te remercie.

Suzanne rentra joyeuse à la maison. Elle pria sa servante de lui préparer un bain d'eau douce, en puisant dans la citerne. Après un déjeuner frugal fait de salade, elle s'installa sous les figuiers. Elle n'eut guère à attendre: des rires d'enfants fusèrent aussitôt pour bercer son rêve et sa sieste. La chaleur était supportable. Et par-delà les grilles du jardin, Jessie lui souriait. Il semblait s'être désaltéré puisqu'il ne demandait rien. Suzanne observa une immobilité totale pour éviter de le faire fuir. Elle se contenta de lui rendre son sourire.

Ce soir-là, elle donna plusieurs consignes à Yemna:

– Tu vas mettre tout le vin pétillant que j'ai au frais. J'en boirai tous les jours après le crépuscule, dès que la brise de mer se lèvera. Et tu sortiras tous mes beaux habits. Tu veilleras à ce qu'ils soient propres et bien repassés. Il faut que je sois prête à partir.

– Partir?

– Oui. Puisque Jessie ne veut pas rester, il faut bien que je le suive.

Par un magnifique crépuscule, Mme de la Brosse, ne voyant plus la vieille Suzanne, passa faire une visite en voisine. Une petite bouteille fut débouchée et elles trinquèrent. Ni l'une ni l'autre ne

«Sprichst du zu mir mit dem Kopf oder mit dem Herzen?»

«Ich spreche, wie du möchtest.»

«Nein, rede, wie du mußt. Du kennst doch die alten Frauen im Dorf. Was würden sie darüber denken?»

«Die Frauen würden denken, daß du dich bereithalten mußt...»

«Ich danke dir.»

Suzanne ging gutgelaunt nach Hause. Sie bat ihre Dienerin, ihr ein Bad mit Süßwasser vorzubereiten, das sie aus der Zisterne schöpfen sollte. Nach einem einfachen Mittagessen, das aus Salat bestand, setzte sie sich unter die Feigenbäume. Sie mußte nicht lange warten: gleich kam das Kinderlachen hervorgeschossen, um ihren Traum, ihren Schlaf zu wiegen. Die Hitze war erträglich. Durch das Gartengitter lächelte ihr Jessie zu. Er schien seinen Durst gelöscht zu haben, denn er bat um nichts. Suzanne blieb vollkommen unbeweglich, um ihn nicht zu vertreiben. Sie begnügte sich damit, sein Lächeln zu erwidern.

An diesem Abend gab sie Yemna mehrere Anweisungen:

«Du wirst allen Perlwein, den ich habe, kaltstellen. Ich werde jeden Tag nach der Dämmerung davon trinken, sobald die Meeresbrise aufkommt. Und du wirst alle meine schönen Kleider herausholen. Achte darauf, daß sie sauber und gut gebügelt sind. Ich muß bereit sein zu gehen.»

«Gehen?»

«Ja. Da Jessie nicht bleiben will, muß ich ihm wohl folgen.»

In einer wunderbaren Dämmerung kam Madame de la Brosse, weil sie die alte Suzanne länger nicht gesehen hatte, zu einem Nachbarschaftsbesuch. Eine kleine Flasche wurde geöffnet, und sie tranken zusammen. Weder

parla de Jessie. Mme de la Brosse n'eut même pas à faire la leçon à Suzanne. La communauté française, en effet, craignait de se faire ridiculiser par une vieille folle extravagante qui se mettait à avoir des visions et à croire aux superstitions. Une vieille folle qui avait toujours vécu ici, il est vrai, et avait eu le temps de se laisser imprégner par les croyances locales. Mais la vieille folle semblait tellement heureuse que son invitée prit simplement plaisir à boire et à rire avec elle. Elles se séparèrent euphoriques.

Mme de la Brosse rentra chez elle rassurée: Jessie était bien mort. Téméraire, il faisait souvent des incursions dans le désert. Un jour, il n'était pas rentré. Avait-il été attaqué par des bêtes sauvages ou recueilli par des nomades qui l'avaient gardé? On n'avait jamais rien retrouvé de lui. S'il était malgré tout vivant, il aurait l'âge de la vieille Suzanne dont il fut le premier et seul amour: un amour d'enfant.

Au début de l'été, Suzanne disparut. Par fidélité, Yemna resta dans la maison. De juin à octobre, la chaleur fut insoutenable. L'école avait fermé et la communauté française était partie...

Début novembre, des nomades venant du Nord avec leurs troupeaux trouvèrent Suzanne: elle était vêtue de sa robe de dentelle et après quatre mois passés dans le désert paraissait intacte. Ses yeux étaient clos comme si un ange les lui avait fermés. Les nomades, émus, l'ensevelirent avec respect. Ils s'enquirent au village de son nom chrétien et, de ce jour, l'adorèrent comme une sainte.

die eine noch die andere sprach von Jessie. Madame de la Brosse mußte Suzanne nicht den Kopf zurechtrücken. Die ortsansässigen Franzosen fürchteten nämlich, durch eine alte, überspannte Närrin lächerlich gemacht zu werden, die anfing, Visionen zu haben und abergläubisch zu werden. Eine alte Närrin, die – das mußte man zugeben – immer hier gelebt und die Zeit gehabt hatte, sich vom einheimischen Glauben durchdringen zu lassen. Andererseits schien die alte Närrin so glücklich zu sein, daß ihr Gast es einfach genoß, mit ihr zu trinken und zu lachen. Sie trennten sich in Hochstimmung.

Madame de la Brosse ging beruhigt nach Hause: Jessie war bestimmt tot. Waghalsig wie er war, hatte er oft Streifzüge in die Wüste gemacht. Eines Tages war er nicht wiedergekommen. War er von wilden Tieren überfallen oder von Nomaden aufgenommen worden, die ihn bei sich behalten hatten? Man hatte nie etwas von ihm gefunden. Wenn er trotz allem noch lebte, wäre er so alt wie die alte Suzanne, deren erste und einzige Liebe er gewesen war: eine Kinderliebe.

Am Anfang des Sommers verschwand Suzanne. Aus Treue blieb Yemna im Haus. Von Juni bis Oktober war die Hitze unerträglich. Die Schule war geschlossen worden, die Franzosen waren fortgegangen...

Anfang November fanden Nomaden, die mit ihren Herden aus dem Norden kamen, Suzanne: Sie trug ihr Spitzenkleid und schien nach vier Monaten, die sie in der Wüste gewesen war, unversehrt. Ihre Augen waren geschlossen, als hätte ein Engel sie ihr zugedrückt. Die Nomaden waren bewegt und begruben sie ehrfurchtsvoll. Sie fragten im Dorf nach ihrem christlichen Namen, und seit jenem Tag verehrten sie sie wie eine Heilige.

Le ballon de plage est venu rebondir sur le sommet de son crâne. Il dormait d'un vague sommeil, un no man's land incertain où se mêlaient des rires d'enfants, des lambeaux de conversations et des annonces par haut-parleur: «Le petit Hugues Mercier attend ses parents au centre...»

Le choc léger du ballon a éclaté comme une bulle dans sa tête. Les enfants ne se sont pas excusés, trop pris par leur jeu. (Un bonhomme qui dort sur une plage se distingue à peine d'un gros tas de sable). Etourdi, il se redresse sur les coudes, la tête à la fois lourde et creuse. Un bimoteur ronronne laborieusement dans le ciel trop bleu. Une banderole publicitaire ondule à sa queue. C'est illisible, une marque de lessive ou une fête quelque part sur la côte. Il fait chaud à se tordre. Même au travers des paupières closes le soleil blanchit le noir. A une cinquantaine de mètres de lui, l'eau, plate. En tibubant il avance sur le sable brûlant puis fait des contorsions ridicules sur la barrière de galets recouverts d'algues tièdes et glissantes. Après le sable est dur, chaque pas s'auréole d'humidité jusqu'à l'eau. Elle lui paraît glacée. Pourtant il avance obstinément, les chevilles, les mollets, les cuisses, le nombril. Là, il s'arrête, se hausse sur la pointe des pieds en rentrant le ventre à chaque vaguelette. Maigre et blanc, il sautille sur place comme un poireau hystérique. Il croise ses bras sur sa poitrine et pose ses mains sur ses épaules afin de cacher les touffes de poils noirs et drus qui poussent dessus.

Autour de lui les baigneurs s'éclaboussent en hurlant, sautent sur des matelas pneumatiques, s'en-

Pascal Garnier
Kabine 34

Der Wasserball kam und prallte mitten auf seinem Schädel ab. Er lag in einem leichten Schlaf, einem ungewissen Niemandsland, in dem sich Kinderlachen, Gesprächsfetzen und Ankündigungen aus dem Lautsprecher mischten: «Der kleine Hugues Mercier erwartet seine Eltern im Zentrum...»

Der leichte Stoß des Balles ist wie eine Blase in seinem Kopf zerplatzt. Die Kinder haben sich nicht entschuldigt, waren zu sehr ins Spiel vertieft (Ein Mann, der am Strand schläft, unterscheidet sich kaum von einem großen Sandhaufen). Benommen hebt er sich auf die Ellenbogen, sein Kopf ist zugleich schwer und leer. Eine Zweimotorige brummt geschäftig in dem zu blauen Himmel. Ein Werbetransparent flattert als Schwanz hinterher. Es ist unlesbar, eine Waschmittelmarke oder eine Party irgendwo an der Küste. Es ist furchtbar heiß. Selbst durch die geschlossenen Lider bleicht die Sonne die Dunkelheit. Ungefähr fünfzig Meter von ihm entfernt das Wasser, flach. Schwankend geht er über den glühendheißen Sand, dann macht er lächerliche Verrenkungen auf dem Geröllstreifen, der mit lauwarmen und glitschigen Algen bedeckt ist. Danach ist der Sand hart, umgibt sich jeder Schritt bis zum Wasser mit einem nassen Kranz. Das Wasser scheint ihm eiskalt. Dennoch schreitet er hartnäckig voran, Knöchel, Waden, Schenkel, Nabel. Da bleibt er stehen, stellt sich auf die Zehenspitzen und zieht den Bauch bei jeder kleinen Welle ein. Mager und weiß, hüpft er auf der Stelle wie eine hysterische Porreestange. Er kreuzt die Arme über der Brust und legt sich die Hände auf die Schultern, um die dichten, schwarzen Haarbüschel, die darauf wachsen, zu verstecken.

Um ihn herum bespritzen sich die Badenden schreiend, sie springen auf Luftmatratzen, werfen sich bunte Bälle

voient des ballons multicolores. C'est son premier bain de mer de l'année. Il est arrivé hier soir. En surface, l'eau est presque bonne mais au fond, par moments, un courant glacé lui fait recroqueviller les doigts de pieds. Il s'asperge le torse et la figure en soufflant comme un phoque, et plonge la tête la première, il en a le souffle coupé. Une fraction de seconde il panique, avale une gorgée d'eau salée. A travers les mèches de cheveux mouillés qui lui tombent sur les yeux il ne voit rien qu'un ruissellement continu dans lequel se mélangent du jaune et du bleu. Il suffoque, tousse plusieurs fois en se passant la main sur le visage. Il a envie de ressortir immédiatement mais il se raisonne et se force à faire quelques brasses. Il avance de trois ou quatre mètres vers le large, tâte du pied, ne sent plus le fond, fait demi-tour vers la plage. S'il avait quelqu'un à qui parler, il dirait probablement: «Finalement, elle est bonne.»

Moins de dix minutes plus tard il est de nouveau allongé sur sa serviette. L'eau sèche par plaques sur son corps. Il se retourne sur le ventre, met ses lunettes noires, allume une cigarette. Distraitement il feuillette le roman policier qu'il a commencé la veille dans le train. Il le referme, se retourne sur le dos. C'est difficile d'apprendre à ne rien faire, c'est toujours comme ça les premiers jours de vacances. Il n'est que trois heures. Tout ce qu'il a à faire est de regarder les gens autour de lui, des dizaines, des centaines, des milliers, presqu'autant que de grains de sable sur la plage. Des familles tassées les unes contre les autres, des colonies grouillantes, des gens seuls, des vieux sous des parasols coiffés de casquettes à visière bleue ou de chapeaux de paille, des bébés tout nus qui trempent leur gâteau dans le sable, des adolescents qui se poursuivent en se jetant de l'eau,

zu. Es ist sein erstes Bad im Meer dieses Jahr. Er ist gestern abend angekommen. An der Oberfläche ist das Wasser fast gut, aber unten läßt ihn gelegentlich eine eiskalte Strömung die Zehen zusammenziehen. Er besprengt sich den Oberkörper und das Gesicht, schnaubt dabei wie ein Walroß und macht einen Hechtsprung, es verschlägt ihm den Atem. Für den Bruchteil einer Sekunde ist er erschrocken, er schluckt Salzwasser. Durch die nassen Haarsträhnen, die ihm in die Augen fallen, sieht er nichts als ein ständiges Rieseln, in das sich Gelb und Blau mischt. Er bekommt keine Luft, hustet ein paar Mal, fährt sich mit der Hand übers Gesicht. Er hätte nicht wenig Lust, sofort wieder aus dem Wasser zu gehen, aber er bemüht sich, vernünftig zu sein, und zwingt sich zu ein paar Schwimmzügen. Drei, vier Meter schwimmt er in die Weite hinaus, tastet mit dem Fuß, spürt den Boden nicht mehr, macht eine halbe Drehung zum Strand hin. Wenn er jemanden hätte, mit dem er sprechen könnte, würde er wahrscheinlich sagen: «Endlich ist es gut.»

Weniger als zehn Minuten später liegt er wieder ausgestreckt auf seinem Handtuch. Das Wasser trocknet in Pfützen auf seinem Körper. Er dreht sich auf den Bauch, setzt die Sonnenbrille auf, zündet eine Zigarette an. Zerstreut blättert er in dem Krimi, den er am Vortag im Zug angefangen hat. Er schließt ihn wieder, dreht sich auf den Rücken. Es ist schwer zu lernen, nichts zu tun, das ist immer so in den ersten Urlaubstagen. Es ist erst drei Uhr. Alles, was er zu tun hat, ist, den Menschen um ihn herum zuzuschauen, es sind dutzende, hunderte, tausende, fast ebensoviele wie Sandkörner am Strand. Familien, eine neben die andere gestapelt, wimmelnde Ferienlager, Menschen allein, alte Leute unter Sonnenschirmen und mit Schirmmützen oder Strohhüten auf dem Kopf, völlig nackte Babys, die ihren Keks in den Sand tauchen. Jugendliche, die sich verfolgen und dabei mit Wasser bespritzen, dicke und dünne, braungebrann-

des gros, des maigres, des bronzés et des livides comme lui. Il s'est installé devant les cabines blanches au toit pointu. Pourquoi pas là? Sur une plage toutes les places se valent et pourtant on se pose «là» plutôt qu'ailleurs sans raison valable, d'instinct on se met «là». C'est une bonne place, il y viendra tous les jours. C'est chic ces petites maisons miniatures, un rêve de gosse, de cabane.

Les gens des cabines ont toujours l'air chez eux. Ils se connaissent, se disent bonjour. Ce ne sont pas des nomades, pas des gens du camping ni des locations, ils ont leurs habitudes, et les habitudes sur une plage c'est le luxe.

Tous les jours il y reviendra.

Il a loué un petit studio près de l'église. Ce n'est pas grand mais c'est tout petit quand même. Pour quinze jours ça suffit bien et puis c'est très propre. Il y a un réchaud qui lui permet de faire sa cuisine lui-même, une sacrée économie. C'est très commode ce petit studio, le seul inconvénient c'est la porte des W. C. qui ferme mal. Ce n'est peut-être pas grand chose mais c'est tout de même gênant. Peut-être qu'en y mettant de l'huile?... Ce serait une autre porte... mais celle des toilettes, c'est embêtant.

Il a mal dormi. Les coups de soleil, le sable dans les draps... N'importe comment on dort toujours mal les premières nuits dans un endroit qu'on ne connaît pas. Bien qu'un peu vaseux il n'a pas eu trop de mal pour retrouver l'endroit où il se trouvait hier, devant la cabine 34.

Il s'est acheté une natte à 10 F quand même plus adéquate que sa serviette éponge et un flacon d'huile solaire. Ses épaules sont rouges. Avec ses poils noirs ça fait comme des pattes de crabes. Il en a eu honte en se regardant dans la glace ce

te und aschfahle wie er. Er hat sich vor die weißen Kabinen mit Spitzdach gelegt. Warum nicht hierhin? An einem Strand sind alle Plätze gleich, und doch setzt man sich ohne wirklichen Grund «hier» und nicht anderswo hin, instinktiv setzt man sich «hier» hin. Es ist ein guter Platz, hier wird er jeden Tag herkommen. Die Miniaturhäuschen sind schick, ein Kindertraum von einer Hütte.

Die Leute aus den Kabinen sehen immer aus, als wären sie zu Hause. Sie kennen sich, grüßen sich. Es sind keine Nomaden wie die Leute vom Campingplatz oder die aus den Ferienwohnungen. Sie haben ihre Gewohnheiten, und Gewohnheiten am Strand, das ist Luxus.

Er wird jeden Tag wiederkommen.

Er hat ein kleines Appartement in der Nähe der Kirche gemietet. Es ist wirklich nicht groß, aber dafür recht winzig. Für vierzehn Tage reicht es wohl, außerdem ist es sehr sauber. Es hat eine Kochplatte, die ihm ermöglicht, selbst zu kochen, eine ungeheure Ersparnis.

Das kleine Appartement ist sehr bequem, der einzige Nachteil ist die Toilettentür, die schlecht schließt. Das ist vielleicht nichts Besonderes, aber es stört trotzdem. Vielleicht sollte man sie ölen? . . . Wäre es eine andere Tür . . . aber die Toilettentür, das ist ärgerlich.

Er hat schlecht geschlafen. Sonnenbrand, Sand in der Bettwäsche . . . Irgendwie schläft man in den ersten Nächten an einem unbekannten Ort immer schlecht. Obwohl er nicht ganz fit ist, fällt es ihm nicht allzu schwer, den Platz wiederzufinden, wo er gestern gelegen hat: vor der Kabine 34.

Er hat sich für zehn Francs eine Matte gekauft, die doch praktischer ist als sein Frotteetuch, und eine Flasche Sonnenöl. Seine Schultern sind rot. Zusammen mit den schwarzen Haaren sieht das aus wie Krabbenfüße. Er hat sich deshalb geschämt, als er sich heute morgen

matin. Pour un peu il n'aurait pas été à la plage. Les deux ou trois premiers jours sont toujours un peu ingrats, après il sera aussi brun que les autres.

A propos d'huile (car il est en train de s'en oindre le corps) celle qu'il a versée sur les gonds de la porte de ses cabinets (de la Lesieur) n'a pas été d'une grande efficacité. Le bois des chambranles a dû jouer pendant l'hiver. Il faudrait raboter le bas et un des côtés. Il devrait en parler au propriétaire, quelques petits coups de rabot, pas grand chose...

Les cabines derrière sont encore fermées. Leurs occupants lui manquent. Il s'ennuie tout seul. En attendant, il reçoit sans broncher les coups de cymbales du soleil et, pour passer le temps, s'imagine raboter la porte de ses toilettes à coups de lames bien rythmés, les copeaux blonds s'enroulant autour de ses doigts, l'odeur du bois, l'écume du bois...

La famille de la cabine 34 arrive. Le père, grand, fort, sec, il porte un sac de toile. La mère belle, élégante, suivie de deux garçons de treize et quinze ans environ qui lui ressemblent. Puis vient la petite fille plus jeune de trois ou quatre ans que ses frères. Elle tient la main d'une dame âgée; sa grand-mère ou peut-être une tante. Tous sont beaux, heureux, à l'aise comme s'ils avaient toujours été là. Ils s'installent, gonflent des oreillers pneumatiques, déplient des chaises de toile. Ils sentent bon l'ambre solaire.

Lui fait semblant de lire mais derrière ses lunettes noires il ne perd pas un de leurs gestes, pas un mot de ce qu'ils disent. Il est à deux mètres d'eux, pas plus. Les uns après les autres ils se sont changés dans la cabine. Leur nudité les rend encore plus brillants que lorsqu'ils étaient vêtus. En riant ils courent vers les vagues plus fortes au-

im Spiegel betrachtet hat. Es fehlte nicht viel, und er wäre nicht am Strand gewesen. Die ersten zwei, drei Tage sind immer etwas undankbar, danach wird er genauso braun sein wie die anderen.

Apropos Öl (denn er reibt sich gerade den Körper damit ein), das Öl, das er auf die Angeln seiner Toilettentür gegeben hat (von Lesieur), war nicht besonders wirksam. Wahrscheinlich hat das Holz des Türrahmens im Winter gearbeitet. Man müßte die Unter- und eine Längskante hobeln. Er sollte mit dem Besitzer darüber sprechen, ein paar kleine Hobelstöße, nichts Besonderes ...

Die Kabinen hinter ihm sind noch geschlossen. Ihre Bewohner fehlen ihm. Er langweilt sich allein. Während er wartet, schlägt der Sonnenbrand, ohne daß er murrt, wie Zimbeln zu.

Um sich die Zeit zu vertreiben, stellt er sich vor, er hobelte seine Toilettentür mit gleichmäßigen Klingenschüben, und die blonden Späne rollten sich um seine Finger. Der Duft des Holzes, das Sägemehl ...

Die Familie aus Kabine 34 kommt an. Der Vater, groß, kräftig, schlank, trägt einen Leinensack. Die Mutter schön, elegant, gefolgt von zwei ungefähr dreizehn und fünfzehn Jahre alten Jungen, die ihr ähneln. Dann kommt die kleine Tochter, drei, vier Jahre jünger als ihre Brüder. Sie geht an der Hand einer betagten Dame; ihrer Großmutter oder vielleicht einer Tante. Alle sind schön, glücklich, fühlen sich wohl, als wären sie immer da gewesen. Sie lassen sich nieder, blasen Luftkissen auf, klappen Leinenstühle auseinander. Sie duften alle gut nach Sonnenöl.

Er tut so, als läse er, aber hinter seiner Sonnenbrille entgeht ihm nicht eine ihrer Gesten, nicht eines der Worte, die sie sagen. Er ist zwei Meter von ihnen entfernt, mehr nicht. Einer nach dem anderen haben sie sich in der Kabine umgezogen. In ihrer Nacktheit erscheinen sie noch strahlender als angezogen. Lachend laufen sie auf die Wellen zu, die heute stärker sind als gestern.

jourd'hui qu'hier. La vieille tante démarre un ou-
vrage au crochet à l'ombre du parasol. Il n'ose pas
se lever et se lancer avec eux à l'assaut des vagues.
Il se retient, compte à rebours dans sa tête: 4...
3... 2... 1...

C'est une famille de dauphins, tous nagent à la
perfection, plongent, sautent dans l'écume des
vagues, aussi élégants dans l'eau que sur le sable.
Mais une vague plus violente que les autres envoie
la petite fille rouler jusque dans ses bras. Elle
s'accroche à son cou en toussant. Il la soulève par
les épaules.
   – Ça va?
   – Ça va, merci.
   A quelques mètres de là le père a vu la scène, il
lui fait un petit geste amical. Le niveau de l'eau
jusqu'à la ceinture leur donne à tous l'air de cen-
taures. La petite fille a rejoint ses parents. Ils
batifolent encore un peu puis remontent vers la
cabine. Là encore il attend, fait quelques brasses.
   Plus tard, allongé sur sa natte, il sent encore
contre lui le corps frétillant de la petite fille, il
revoit ses cils perlés d'eau, son regard étonné, ses
dents blanches comme des coquillages et ce torse
sans seins qui glisse entre ses mains.
   Il y pense longtemps ainsi qu'à sa porte qui
ferme mal, l'huile qu'il a versée ce matin dégou-
linant sur ses doigts... et à nouveau à la petite
fille qui gigotait entre ses bras, au regard du père
parallèle à l'horizon. Il n'arrive pas à surmonter
cette envie grotesque qui gonfle son slip et
l'oblige à rester allongé sur le ventre, la tête au
creux du bras. Ces saletés de poils sur ses épaules.

Non, les vacances ne sont pas faites pour dormir.
Le sourire satanique de la porte des toilettes a

Die alte Dame beginnt eine Häkelarbeit im Schatten des Sonnenschirms. Er wagt nicht, aufzustehen und mit ihnen zusammen die Wogen zu erstürmen. Er hält sich zurück, zählt im Kopf den Countdown: 4 ... 3 ... 2 ... 1 ...

Es ist eine Delphinfamilie, alle schwimmen vollendet, tauchen, springen in den Schaum der Wellen, im Wasser so anmutig wie am Strand. Aber eine besonders heftige Welle läßt das Töchterchen bis in seine Arme rollen. Sie klammert sich hustend an seinen Hals. Er hebt sie an den Schultern hoch.

«Geht's?»

«Geht schon, danke.»

Einige Meter weiter hat der Vater die Szene gesehen, er macht eine kleine freundschaftliche Geste zu ihm hinüber. Die Wasserhöhe bis zur Taille läßt sie alle wie Kentauren erscheinen. Das Töchterchen ist wieder bei ihren Eltern angekommen. Sie toben noch ein bißchen herum, dann gehen sie zur Kabine zurück. Auch jetzt wartet er ab, macht noch ein paar Züge.

Später, auf seiner Matte ausgestreckt, spürt er noch den zappelnden Körper des kleinen Mädchens, sieht er wieder ihre wasserbetropften Wimpern, ihren erstaunten Blick, ihre muschelweißen Zähne und diesen brustlosen Oberkörper, der durch seine Hände gleitet.

Er denkt lange daran, und an seine Tür, die schlecht schließt, das Öl, das heute Morgen auf seine Finger getröpfelt ist ... und wieder an das kleine Mädchen, das in seinen Armen zappelte, unter dem Blick des Vaters, parallel zum Horizont. Er kommt nicht gegen diese groteske Lust an, die seine Badehose schwellen läßt und ihn zwingt, auf dem Bauch liegen zu bleiben, den Kopf in den Armhöhlen. Diese gräßlichen Haare auf den Schultern.

Nein, die Ferien sind nicht zum Schlafen da. Das satanische Lächeln der Toilettentür hat ihm den Schlaf ver-

gâché son sommeil. Il lui a donné un coup de pied en allant boire un verre d'eau. Ça a fait «Crac!» Il a pensé: «Bien fait». Son œsophage le brûlait, trop de vin blanc la veille, et cette sirène qui ondoyait dans ses rêves, cette sirène qu'il ne pouvait saisir. Une mauvaise nuit.

Aujourd'hui il pleut.

Il ne fait pas froid mais il pleut, une petite bruine qui fouette la capuche de son K.way. Il n'y a pratiquement personne sur la plage. C'est un dimanche, il a entendu les cloches sonner ce matin.

N'ayant aucun but, il vient tout naturellement rôder autour de la cabine 34. Bien évidemment la famille n'y est pas. Le sable colle aux pieds mitraillés par les gouttes de pluie. De loin en loin de petits groupes de gens griffent la plage pour en extraire des coquillages qu'ils mettent dans des seaux. Ils portent des cirés jaunes et ont retroussé le bas de leur pantalon. Ce ne sont pas des gens des cabines qui fouillent le sable, plutôt ceux des campings.

Comment l'absence de soleil peut-elle changer à ce point le paysage? La plage n'est plus qu'un désert barbare peuplé d'humanoïdes simiesques qui grattent et grattent... Soudain il se précipite vers un groupe de quatre ou cinq personnes. Non, ce ne sont pas ceux de la cabine 34.

Pendant le reste de la journée, il essaiera de lire son roman sans parvenir à le suivre plus de deux pages. La pluie contre les vitres, les voisins qui crient en jouant au Monopoly, lui seront insupportables. Il tentera d'écouter la radio en changeant de fréquence toutes les cinq minutes. Et puis à nouveau la pluie derrière les vitres, les rires gras des voisins, jusqu'au soir où il se fera chauffer une boîte de raviolis et s'endormira lourde-

dorben. Er hat ihr einen Tritt versetzt, als er ein Glas Wasser trinken ging. Es hat «Krack!» gemacht, und er hat gedacht: «Gut gemacht.» Seine Speiseröhre brannte ihm, zuviel Weißwein am Abend, und die Sirene, die in seinen Träumen auf- und niederging, diese Sirene, die er nicht fassen konnte. Eine schlechte Nacht.

Heute regnet es.

Es ist gar nicht kalt, aber es regnet: ein feiner Nieselregen sprüht scharf gegen die Kapuze seines K-ways. Am Strand ist so gut wie keine einzige Menschenseele. Es ist Sonntag, er hat heute morgen die Glocken läuten hören.

Weil er kein Ziel hat, streunt er unwillkürlich um die Kabine 34 herum. Natürlich ist die Familie nicht da. Der Sand klebt an den Füßen, die unter ständigem Beschuß der Regentropfen stehen. In großen Abständen kratzen kleine Menschengruppen den Strand, um Muscheln herauszuziehen, die sie in Eimern sammeln. Sie tragen gelbe Regenmäntel und haben die Hosenbeine aufgekrempelt. Es sind nicht die Leute aus den Kabinen, die den Sand durchwühlen, eher die vom Campingplatz.

Wie kann die Abwesenheit der Sonne die Landschaft so sehr verändern? Der Strand ist nur noch eine barbarische Wüste, von menschenähnlichen Affenarten bevölkert, die kratzen und kratzen... Plötzlich eilt er auf eine Gruppe von vier oder fünf Personen zu. Nein, das sind nicht die aus Kabine 34.

Während des restlichen Tages wird er versuchen, seinen Roman zu lesen, ohne daß es ihm gelänge, ihn mehr als zwei Seiten zu verfolgen. Der Regen an den Fensterscheiben, die Nachbarn, die beim Monopolyspiel schreien, werden ihm unerträglich sein. Er wird versuchen, Radio zu hören, und dabei den Sender alle fünf Minuten wechseln. Dann wieder der Regen hinter den Scheiben, die fetten Lacher der Nachbarn, bis zum Abend, wo er sich eine Dose Ravioli aufwärmen und schwer ein-

ment. Rien n'est plus fatigant qu'un jour sans rien. Dans son rêve il a tellement raboté la porte qu'il n'en est plus resté qu'un minuscule volet sur lequel il s'est arc-bouté en vain jusqu'au matin.

Depuis quinze jours maintenant qu'il est ici, il n'y a eu que cette journée de mauvais temps. Chaque jour, à la même heure, il est revenu à la même place. Par reptation discrète il s'est rapproché subrepticement de la famille de la cabine 34. Chaque jour un peu plus. A présent on pourrait croire qu'il en fait partie. Il a fini par échanger des «bonsoir», a caressé le chien Boulou, lui a renvoyé la baballe. Des petits riens, tout juste des habitudes mais qui dénotent quand même une certaine intimité.

Aujourd'hui, Jean-Claude, le père, a annoncé qu'il avait retenu une table pour le soir au «Régent». Il s'agit de souhaiter un anniversaire ou une fête quelconque. Une colonie de gosses braillards l'ont empêché de comprendre au juste de quoi il s'agissait exactement. Au début de son séjour il s'était promis, s'il lui restait assez d'argent, de se payer un bon gueuleton dans ce luxueux restaurant. Il comptait y aller le dernier soir de son séjour pour plus de sûreté. Il a même gardé un pantalon et une chemise blanche dans sa valise pour cette occasion.

S'il y va ce soir, il risque d'être très juste pour le reste de ses vacances. Mais d'un autre côté, se retrouver près de leur table, peut-être même à leur table... Une telle coïncidence... n'est-ce pas... Les mains sous la tête derrière ses lunettes noires il regarde les mouettes tracer de grands «V» dans le ciel. Il sourit.

La porte des toilettes ne lui pose plus de problèmes. Il a inventé un système tout à fait ingénieux: une simple cordelette accrochée à la poi-

schlafen wird. Nichts ist anstrengender als ein Tag ohne alles. In seinem Traum hat er die Tür so sehr gehobelt, daß nur ein winziger Flügel geblieben ist, gegen den er sich bis zum Morgen vergeblich gestemmt hat.

Seit vierzehn Tagen, die er jetzt hier ist, hat er nur an diesem einzigen Tag schlechtes Wetter gehabt. Jeden Tag zur gleichen Zeit ist er an die gleiche Stelle gegangen. Unauffällig kriechend hat er sich heimlich der Familie aus Kabine 34 genähert. Jeden Tag etwas mehr. Inzwischen könnte man fast glauben, er gehöre dazu. Er hat am Ende «Guten Abend» mit ihnen gewechselt, hat den Hund Boulou gestreichelt, ihm den Ball zurückgeworfen. Unbedeutende Kleinigkeiten, gerade mal Gewohnheiten, die aber dennoch eine gewisse Vertrautheit erkennen lassen.

Heute hat Jean-Claude, der Vater, verkündet, daß er für den Abend einen Tisch im «Régent» reserviert hat. Es soll ein Geburtstag oder irgendein anderes Fest gefeiert werden. Eine Horde schreiender Kinder hat ihn gehindert zu verstehen, worum es sich genau handelt. Am Anfang seines Aufenthalts hatte er sich vorgenommen, sich in diesem luxuriösen Restaurant ein gutes Essen zu gönnen, wenn ihm genug Geld bleiben würde. Er hatte vorgehabt, sicherheitshalber erst am letzten Abend seines Aufenthalts hinzugehen. Er hat sogar eine Hose und ein weißes Hemd für diese Gelegenheit in seinem Koffer gelassen.

Wenn er heute Abend hingeht, riskiert er, den Rest der Ferien knapp bei Kasse zu sein. Aber andererseits, nahe bei ihrem Tisch zu sitzen, vielleicht sogar an ihrem Tisch... So ein Zufall ... nicht wahr... Mit den Händen unter dem Kopf betrachtet er hinter seiner Sonnenbrille die Möwen, die große V's in den Himmel ziehen. Er lächelt.

Die Toilettentür macht ihm keine Probleme mehr. Er hat ein absolut geniales System erfunden: eine einfache, an der Türklinke befestigte Schnur, die er an sich

gnée de la porte qu'il tire à lui une fois assis sur le siège. Evidemment si quelqu'un s'amusait à ouvrir violemment de l'extérieur, il serait immanquablement ferré comme un poisson. Mais comme personne ne viendra... En tout cas, il ne voit plus ce rai de lumière qu le gênait tant.

Il a retenu sa table pour huit heures. Encore une demi-heure à attendre. Il reste assis sans bouger sur le bord de son lit, pantalon et chemise immaculés. Vingt minutes, quinze, dix... Il ne peut plus attendre.

Le restaurant est presque vide. Deux ou trois couples en sont seulement à commander l'apéritif.

Il insiste pour qu'on le place au bout d'une grande table où un carton précise: «Réservé». C'est sans aucun doute celle de la famille de la cabine 34. Il prendra un américano, la nappe et la serviette sentent le drap frais, les couverts sont étincelants. Distraitement il fait rebondir son couteau sur le bord de la table.

Lorsque la famille arrive accompagnée de quelques autres personnes, il se plonge dans le menu qu'il n'arrive pas à déchiffrer tant il est ému. Pourtant il fait un effort, relève la tête, joue l'étonné: «Bonsoir, quelle coïncidence!... n'est-ce pas?...» Mais très vite il sent comme un malaise au-dessus de sa tête. Tous restent debout, un maître d'hôtel se penche sur lui en toussotant dans son poing:

— Veuillez m'excuser monsieur, mais ces messieurs dames sont plus nombreux que prévu. Verriez-vous quelque inconvénient à ce que l'on vous place ailleurs?

— Mais certainement, bien sûr, je...

Le rouge au front il se lève, son américano à la

zieht, wenn er erst einmal sitzt. Natürlich, wenn sich jemand einen Spaß daraus machen würde, heftig von außen zu öffnen, hinge er unweigerlich wie ein Fisch an der Angel. Aber da niemand kommen wird... Auf jeden Fall sieht er nicht mehr den Lichtstreifen, der ihn so sehr störte.

Er hat seinen Tisch für acht Uhr bestellt. Noch eine halbe Stunde zu warten. Er bleibt sitzen, ohne sich auf der Bettkante zu bewegen, Hose und Hemd unbefleckt. Zwanzig Minuten, fünfzehn, zehn... Er kann nicht mehr warten.

Das Restaurant ist noch fast ganz leer. Es sind gerade mal zwei oder drei Paare dabei, den Aperitif zu bestellen.

Er besteht darauf, an das Ende eines großen Tisches gesetzt zu werden, auf dem ein Schild klarstellt: «Reserviert.» Das ist ganz bestimmt der für die Familie aus Kabine 34. Er wird einen Americano trinken. Das Tischtuch und die Serviette duften frisch, die Bestecke blitzen. Zerstreut läßt er sein Messer an der Tischkante springen.

Die Familie kommt herein, in Begleitung einiger anderer Personen. Er versenkt sich in die Speisekarte, die er kaum entziffern kann, so aufgeregt ist er. Aber er gibt sich Mühe, hebt den Kopf, spielt den Erstaunten: «Guten Abend, was für ein Zufall!... nicht wahr...?» Aber recht bald fühlt er eine Art Unbehagen über seinem Kopf. Alle bleiben stehen, ein Oberkellner beugt sich über ihn und hüstelt in seine Faust:

«Bitte entschuldigen Sie, Monsieur, aber die Herrschaften sind zahlreicher als vorgesehen. Hätten Sie etwas dagegen, wenn wir Sie an einen anderen Platz bitten würden?»

«Aber natürlich, selbstverständlich, ich...»

Mit hochrotem Kopf steht er auf, den Americano in

main. Ses oreilles en feu ne lui permettent pas d'entendre les «Merci, bien aimable à vous» qui accompagnent son départ. On le pilote jusqu'à une table dans un coin, tout au fond.

— Vous verrez, d'ici la vue sur la plage est bien plus belle.

D'un seul coup le restaurant s'est rempli. Il lui faut se tordre le cou pour apercevoir le dos de la petite fille. Il mange à peine, la mastication des fruits de mer l'empêche de saisir les conversations et les plaisanteries qui fusent à la grande table. Parfois, quand ils éclatent de rire, il se met à sourire comme si rien de ce qui se dit là-bas ne lui échappait. Mais personne ne semble s'en apercevoir. A chaque fois qu'on change de plat, le garçon s'inquiète :

— Monsieur n'a pas aimé ?

— Si, si, c'est très bon, merci.

A force de tendre l'oreille, il finit par apprendre que la fête se poursuivra dans leur villa, boulevard Pitre-Chevalier, des cousins y sont attendus. Boulevard Pitre-Chevalier, un nom facile à retenir, en revanche, le numéro lui a échappé ou peut-être ne l'ont-ils pas précisé. Il a fini depuis bien longtemps et sirote son café froid à petites gorgées quand la famille se lève. Tandis qu'elle disparaît, agacé, il attend que le garçon vienne lui apporter l'addition. Ça prend un temps fou.

— Dites-moi, où se trouve le boulevard Pitre-Chevalier ?

C'est un boulevard parallèle à la promenade, bordé tout du long par des villas plus somptueuses et tarabiscotées les unes que les autres. Certaines ont leurs volets fermés et semblent inhabitées depuis des siècles. D'autres sont illuminées et font apparaître, derrière leurs vitres jaunes, des ombres chinoises tenant des verres à la main. Peut-

der Hand. Seine feurigen Ohren lassen ihn nicht die
«Dankeschön, sehr liebenswürdig von Ihnen» hören, die
seinen Abgang begleiten. Man führt ihn zu einem Tisch
in der Ecke, ganz hinten.

«Sie werden sehen, von hier aus ist der Blick auf den
Strand viel schöner.»

Auf einen Schlag hat sich das Restaurant gefüllt. Er
muß sich den Hals verrenken, um den Rücken des kleinen
Mädchens zu sehen. Er ißt kaum etwas, das Kauen der
Meeresfrüchte hindert ihn daran, die Gespräche und
Scherze aufzufangen, die von dem großen Tisch aufstei-
gen. Manchmal, wenn sie in Lachen ausbrechen, beginnt
er zu lächeln, als entginge ihm nichts von dem, was
dort gesagt wird. Aber niemand scheint das zu bemerken.
Jedes Mal, wenn der Teller gewechselt wird, fragt der
Kellner beunruhigt:

«Hat es Monsieur nicht geschmeckt?»

«Doch, doch, sehr gut, danke.»

Weil er so die Ohren spitzt, erfährt er schließlich, daß
sich das Fest in ihrer Villa am Boulevard Pitre-Chevalier
fortsetzen wird, man erwartet dort noch Verwandte. Boulevard Pitre-Chevalier, der Name ist leicht zu merken,
allerdings hat er die Hausnummer nicht mitbekommen,
oder sie haben sie nicht gesagt. Er ist längst fertig und
schlürft seinen kalten Kaffee noch genußvoll in kleinen
Schlucken, als sich die Familie erhebt. Während sie
verschwindet, wartet er gereizt darauf, daß der Kellner
ihm die Rechnung bringt. Es dauert irrsinnig lange.

«Sagen Sie, wo befindet sich der Boulevard Pitre-Chevalier?»

Es ist eine breite Straße parallel zur Promenade, in
der ganzen Länge von Villen gesäumt, von denen eine
prächtiger und verschnörkelter ist als die andere. Einige haben verschlossene Fensterläden und scheinen seit
Jahrhunderten unbewohnt. Andere sind erleuchtet und
lassen hinter ihren gelben Scheiben chinesische Schat-
tenfiguren erscheinen, die Gläser in der Hand halten.

être sont-ils dans celle-ci, peut-être dans celle-là, on ne peut pas savoir.

A un moment il croit reconnaitre une voix d'enfant qui crie: «Boulou! Boulou!» et une silhouette sautillante dévalant un escalier de pierre. Mais le vent joue des tours et la nuit est si noire derrière les haies de fusains. A moins que ça ne soit l'américano, le vin blanc et cette porte qui bat encore dans sa tête. Et puis tous ces jardins touffus qui communiquent entre eux des secrets de famille...

Tout cela le tient irrémédiablement à l'écart. Au bout, après un coude, le boulevard s'achève. Le sable poussé par le vent emplit les caniveaux et au bout de ce bout, il y a la mer, plus noire que la nuit, ruminante, suintante des corps qui tout le jour se sont vautrés en elle et le squelette absurde du portique du club Mickey. C'est tout.

Une affiche clouée sur un poteau télégraphique annonce pour demain le cirque «Charlie», un orchestre et un feu d'artifice. Ce sera sûrement beau mais il ne verra rien de tout cela, il prendra le train de 9 h 17, le matin.

Vielleicht sind sie in dieser, vielleicht in jener, man kann es nicht wissen.

Da – hört er eine Kinderstimme «Boulou! Boulou!» schreien, sieht er eine hüpfende Silhouette eine steinerne Treppe hinunterrennen? Nein, der Wind treibt sein Spiel, und die Nacht ist so schwarz hinter den Spindelstrauch-Hecken. Wenn es nicht der Americano ist, der Weißwein und die Tür, die immer noch in seinem Kopf schlägt. Und dann all diese buschigen Gärten, die sich Familiengeheimnisse weitergeben . . .

Das alles hält ihn rettungslos im Abseits. Schließlich, nach einer Biegung, ist die Straße zuende. Der Sand, den der Wind hergeweht hat, füllt die Rinnsteine, und am Ende dieses Endes liegt das Meer, noch schwärzer als die Nacht, wiederkäuend, die Körper ausschwitzend, die sich den Tag über in ihm gewälzt haben, und das absurde Skelett des Schaukelgerüsts vom Mickeymaus-Klub. Mehr nicht.

Ein Plakat, das an den Telegraphenmast genagelt ist, kündigt für morgen den Zirkus «Charlie» an, ein Orchester und ein Feuerwerk. Das wird bestimmt schön sein, aber er wird nichts von alledem sehen, er wird den Zug nehmen, vormittags um 9 Uhr 17.

Ce matin-là, il faisait un soleil propice. Les serviettes de toilette et les chemises pourraient finir de sécher au grand air.

Comme il sortait le linge sur le balcon, ainsi qu'Yvette le lui avait recommandé, Bernard Mazegga créa d'un coup la Socolap, filiale de la déjà fructueuse Selitex qu'il avait fondée la veille à la même heure par temps de pluie.

Il posa son regard sur la cité, tout en présidant dans sa tête le premier Conseil d'administration. Le temps de rendre hommage aux bailleurs de fonds, il eut un peu froid aux pieds, qui étaient nus dans les pantoufles, et rentra sans tarder prétextant un rendez-vous avec le directeur de la banque de Crédit. L'entretien devait avoir lieu devant l'écran de télévision allumé. Il le mena tambour battant, car il avait une idée supplémentaire : effrayé par les conséquences du grand défi européen qui s'annonçait pour 93, Bernard décidait de frapper un grand coup médiatique en créant un groupement pour la réinsertion des douaniers dont le sort l'inquiétait. Il les imaginait, découragés, la main à la visière, en train de contempler à l'horizon les ouvreurs de frontières qui montaient à l'assaut, entourés de tous les menus trafiquants qu'on n'aurait plus l'autorisation d'épingler.

C'était exceptionnel que Bernard crée deux sociétés dans une seule journée. Depuis qu'il était chômeur, il se suffisait d'une par jour, sauf le samedi et le dimanche où la présence d'Yvette n'était pas favorable.

Il décida de faire une tournée d'inspection dans sa Selitex... La Société européenne du Linge et du Textile disposait de locaux ultra-modernes

Jacques Jouet
Zwei ergeben ein Paar

An jenem Morgen schien die Sonne günstig. Die Handtücher und die Hemden würden an der frischen Luft zu-
endetrocknen können.

Als er die Wäsche auf den Balkon brachte, so wie Yvette
es ihm ans Herz gelegt hatte, erfand Bernard Mazegga
mit einem Schlag die Sonnkonup, eine Filiale der bereits
einträglichen Eurowätex, die er am Vortag zur gleichen
Zeit bei Regenwetter gegründet hatte.

Er ließ seinen Blick auf der Stadt ruhen, während er
im Geiste der ersten Aufsichtsratssitzung vorsaß. Bis er
mit der Begrüßung der Kapitalgeber fertig war, wurden
seine Füße, die nackt in den Pantoffeln steckten, etwas
kalt, und er ging ohne zu zögern wieder hinein, wobei er
ein Treffen mit dem Direktor der Kreditbank als Vorwand
benutzte. Die Unterredung sollte vor eingeschaltetem
Fernseher stattfinden. Er erledigte sie im Eiltempo; denn
er hatte eine neue Idee: Die Folgen der europäischen
Herausforderung, die für 1993 bevorstand hatten ihn
aufgeschreckt, und so beschloß Bernard, einen großen
Medien-Coup zu landen: Er gründete einen Verband für
die Wiedereingliederung der Zöllner, deren Schicksal
ihm Sorgen machte. Er sah sie vor sich, entmutigt, wie
sie mit der Hand überm Mützenschirm am Horizont die
Grenzöffner beobachteten, die zum Angriff übergingen,
von all den kleinen Schwarzhändlern umgeben, die man
nun nicht mehr schnappen durfte.

Es war eine Ausnahme, daß Bernard zwei Firmen an
einem einzigen Tag ins Leben rief. Seit er arbeitslos war,
begnügte er sich mit einer Gründung pro Tag, abgesehen
von Samstag und Sonntag, wo Yvettes Gegenwart störend
wirkte.

Bernard beschloß, einen Inspektionsgang durch seine
Eurowätex zu machen... Die Europäische Gesellschaft
für Wäsche und Textilien verfügte über zwei ultramo-

dans un grand placard de la salle de bains. Il se livra à une vérification de la production et tomba sur une paire de chaussettes, dont l'une avait un petit trou côté ongle du pouce. C'était sa paire de prédilection, d'un beau vert Véronèse, celle qui, la semaine précédente, l'avait convaincu de vendre aux Japonais ses parts dans les Lapinières réunies qui commençaient à battre de l'aile, et à réinvestir illico l'argent frais dans le sous-vêtement. Une fois revenu de son agacement, il résolut de laisser à Yvette une dernière chance avant de la licencier.

Ayant préalablement sali la paire de chaussettes en l'utilisant pour essuyer la fenêtre de la salle de bains, côté rue, Bernard la disposa bien en évidence au-dessus du panier de linge sale qui était à peu près plein.

Comme tous les soirs, après le travail, Yvette ferait le tour des tâches ménagères indispensables et, cette fois, elle ne manquerait pas de remplir une machine, de lancer le programme, de se mettre à la préparation du dîner, puis d'étendre le linge sur le séchoir pliant.

– Bernard, mon lapin... promets-moi que demain, s'il fait beau, tu sortiras le linge sur le balcon.

– Oui, ma chérie.

Le lendemain matin, considérant qu'il était en avance d'une société sur son programme, Bernard choisit de retourner à la Selitex afin d'examiner si le personnel était toujours aussi négligent. Un bon point: la paire de chaussettes était sèche et propre. Quant au trou qu'il avait observé la veille, non seulement il n'y en avait plus la moindre trace, mais aucune réparation n'y était perceptible. Bernard enfila sa main droite successivement dans chacune des deux chaussettes, chercha le

derne Räume in einem großen Wandschrank des Badezimmers. Er nahm eine Überprüfung der Produktion vor und stieß auf ein Paar Socken, von denen eine ein kleines Loch beim Nagel vom großen Zehen hatte. Es war sein Lieblingspaar, in schönem Veroneser Grün, gerade das, welches ihn vorige Woche dazu bewogen hatte, den Japanern seine Anteile an den Vereinigten Karnickelställen, die in Schwierigkeiten geraten waren, zu verkaufen und das freigewordene Kapital unverzüglich wieder in die Unterbekleidungsbranche zu investieren. Als er sich erstmal von seinem Ärger erholt hatte, beschloß er, Yvette eine letzte Chance zu geben, bevor er sie entlassen würde.

Zunächst machte er das Paar Socken schmutzig, indem er es zum Abwischen des Badezimmerfensters benutzte, das zur Straßenseite lag. Dann drapierte er es, gut sichtbar, oben auf dem Korb für schmutzige Wäsche, der beinahe voll war.

Wie jeden Abend nach der Arbeit würde Yvette die Runde der unerläßlichen Hausfrauenpflichten machen. Dieses Mal würde sie sicher nicht versäumen, eine Maschine zu füllen, das Programm zu starten, das Abendessen vorzubereiten und dann die Wäsche auf dem Trockenständer aufzuhängen.

«Bernard, mein Häschen ... versprich mir, daß du morgen, falls schönes Wetter ist, die Wäsche auf den Balkon bringst.»

«Ja, mein Schatz.»

Am nächsten Morgen beschloß Bernard in Anbetracht der Tatsache, daß er gegenüber seinem Programm einen Vorsprung von einer Firma hatte, zur Eurowätex zurückzukehren, um zu prüfen, ob das Personal immer noch so nachlässig war. Ein Pluspunkt: Das Paar Socken war trocken und sauber. Was das Loch anging, das er am Vortag beobachtet hatte, gab es nicht nur nicht mehr die geringste Spur davon, er konnte auch keinerlei Ausbesserung entdecken. Bernard steckte seine rechte Hand nacheinander in jede der Socken, suchte das Loch mit den

trou avec les doigts ... rien. Fallait-il en déduire qu'Yvette connaissait l'art de la reprise mieux que la plus experte des vieilles tantes picardes?

Bernard laissa passer une semaine, qui ne fut pas du temps perdu, puisqu'il eut le loisir de se lancer dans l'endive, puis dans les champignon-nières, puis dans la conquête du marché portugais de la vis sans fin. Il créa subsidiairement Eurocriq (utilisation comme engrais du criquet pèlerin) ain-si qu'une société pharmaceutique révolutionnaire qui annonça, dès la première heure, la commer-cialisation de préservatifs personnalisés.

Durant toute la semaine, Bernard avait beau-coup marché de long en large, dans le petit apparte-ment. Il ne mettait plus de pantoufles, et s'effor-çait périodiquement de frotter l'ongle de ses gros orteils sur le parquet du living. Après cinq jours de ce traitement, la paire était au bord de s'ou-vrir, et Bernard poussa un cri de joie au spectacle des deux pouces qui passèrent la tête en souriant comme des petits canards hors de leur coquille.

Sans commentaire, Yvette chargea la machine, lança son programme et s'affaira comme à l'accou-tumée. Mais Bernard ne la quittait pas d'une se-melle. Rien à faire, elle n'avait pas eu le temps matériel de réparer les chaussettes. Une mousse au chocolat y était pour quelque chose et le Prési-dent-Directeur général de la Selitex pouvait dif-ficilement licencier son employée négligente un jour de mousse au chocolat, laquelle faisait office de protection syndicale.

La météo du Vingt-heures annonça du soleil pour le lendemain.

— Je sortirai le linge, dit Bernard avant même que la demande lui ait été faite.

Et, le moment venu, la paire de chaussettes verte était sèche et intacte.

Fingern . . . nichts. Sollte er daraus schließen, daß Yvette die Stopfkunst besser beherrschte als die erfahrenste der alten Tanten aus der Picardie?

Bernard ließ eine Woche verstreichen. Es war keine verlorene Zeit, denn er hatte nun genug Muße, sein Glück auf dem Chicorée-Markt zu versuchen, dann mit Champignonkulturen, dann mit der Eroberung des portugiesischen Schneckenmarktes. Zur Unterstützung schuf er Euroheusch (Anwendung als Pilgerheuschreckendünger) und ein revolutionäres Pharmaunternehmen, das gleich zu Beginn seiner Tätigkeit den Vertrieb individuell angepaßter Präservative ankündigte.

Während der ganzen Woche war Bernard in dem kleinen Appartement unentwegt auf und ab gegangen. Er trug keine Pantoffeln mehr und bemühte sich regelmäßig, mit den Nägeln der großen Zehen über das Parkett des Wohnzimmers zu reiben. Nach fünf Tagen dieser Behandlung war das Paar Socken kurz davor, sich zu öffnen, und Bernard stieß beim Anblick der beiden großen Zehen, die den Kopf durchschoben und dabei lächelten wie zwei Entenküken neben ihrer Eierschale, einen Freudenschrei aus.

Ohne ein Wort belud Yvette die Maschine, startete ihr Programm und machte sich wie gewohnt an die Arbeit. Doch Bernard wich ihr nicht von den Fersen. Keine Chance, sie hatte einfach nicht die Zeit gehabt, die Socken zu stopfen. Dabei hatte eine Mousse-au-chocolat ihre Hand im Spiel, und der Generaldirektor der Eurowätex konnte seine nachlässige Angestellte wohl kaum an einem Tag entlassen, an dem es Mousse-au-chocolat gab, welche als Kündigungsschutz fungierte.

Der Wetterbericht der Acht-Uhr-Nachrichten kündigte für den nächsten Tag Sonne an.

«Ich bringe die Wäsche raus», sagte Bernard, noch bevor er darum gebeten wurde.

Und als der Augenblick gekommen war, war das grüne Paar Socken trocken und heil.

Confronté au merveilleux de cette situation, Bernard Mazegga fut amené à réduire son activité patronale. Il se mit à assumer des fonctions de contremaître. Que ferait Yvette devant une chaussette en lambeaux? Que ferait-elle pour rattraper la même chaussette quand le feu de la gazinière l'aurait gravement brûlée? Saurait-elle sauver la paire qui, par accident, aurait trempé dans le goudron? Bernard consacra ses journées à faire subir les pires outrages à la production de la Selitex. C'était du sabotage, mais Yvette était fée, Bernard ne put faire moins que le reconnaître. Yvette savait transformer n'importe quelle loque en chose neuve, par le simple fait d'y poser le regard.

Un soir, Yvette rentra à la maison avec une baguette de pain. Elle en frappa l'épaule de son mari oisif en disant:

— Tu ne peux pas rester comme ça à chômer. Ils cherchent du monde, à Euromarché, pour le talon-minute. Tu peux te présenter demain.

— Comment veux-tu que j'y aille, tous les jours, sans voiture?

— Tu prendras une citrouille!

Le lendemain matin, Bernard partit au travail dans une citrouille (40 places assises et 35 debout) d'un bel orange métallisé.

— A ce soir...

— Et toi, Yvette, tu ne vas pas travailler?

— Pas aujourd'hui, je suis de repos. J'ai une lettre à écrire, une lettre importante.

Yvette se recoucha tranquillement avec un bloc de papier tout neuf, un stylo et même un petit verre de porto.

Et dans le courrier des lectrices de *La Voix de l'Aisne* du mercredi 8 février 1989, parut en page 3 cet entrefilet: «Lorsque j'achète des chaussettes ou des bas, j'en prends plusieurs paires iden-

Angesichts dieses Wunders sah sich Bernard Mazzega veranlaßt, seine Betätigung als Chef einzuschränken. Er ging daran, Vorarbeitertätigkeiten zu übernehmen. Was würde Yvette mit einer zerfetzten Socke tun? Was würde sie tun, um wieder die gleiche Socke zu bekommen, wenn das Feuer des Gasofens sie gründlich verbrannt hätte? Würde sie Socken retten können, die, rein zufällig, in Teer getaucht worden waren?

Bernard verbrachte seine Tage damit, in der Produktion der Eurowätex die schlimmsten Verheerungen anzurichten. Das war Sabotage, aber Yvette war eine Fee, Bernard konnte nicht umhin, dies anzuerkennen. Yvette konnte jeden Fetzen in Neuware verwandeln, einfach indem sie ihn anschaute.

Eines Abends kam Yvette mit einem Baguette nach Hause. Damit schlug sie ihrem untätigen Mann auf die Schulter und sagte:

«Du kannst nicht einfach so arbeitslos herumsitzen. Im Europamarkt werden Leute für den Schuh-Schnellservice gesucht. Du kannst dich morgen vorstellen.»

«Wie soll ich denn da hinkommen, jeden Tag, ohne Auto?»

«Du nimmst den Kürbis!»

Am nächsten Tag fuhr Bernard mit dem Kürbis zur Arbeit (40 Sitz- und 35 Stehplätze), in schönem Metallic-Orange.

«Bis heute abend...»

«Und du, Yvette, gehst du nicht arbeiten?»

«Heute nicht, ich habe meinen freien Tag. Ich muß einen Brief schreiben, einen wichtigen Brief.»

Yvette legte sich in aller Ruhe wieder ins Bett, mit einem ganz neuen Block Papier, einem Kugelschreiber und sogar einem Gläschen Portwein.

Und bei der Leserinnenpost der *Voix de l'Aisne* vom Mittwoch, dem 8. Februar 1989, erschien auf Seite 3 folgende kurze Notiz: «Wenn ich Socken oder Strümpfe kaufe, nehme ich immer mehrere gleiche Paare. So ist

tiques. Ainsi est-il beaucoup plus facile de les appareiller à la sortie de la machine à laver et, lorsqu'une chaussette ou un bas est hors d'usage, on peut faire une nouvelle paire.»

es viel einfacher, zwei gleiche zusammenzubringen, wenn sie aus der Waschmaschine kommen, und wenn eine Socke oder ein Strumpf ausgedient hat, dann ergibt sich immer noch ein neues Paar.»

Sept mois de rêves ayant ensemencé ma tête, la laissant vert tendre aux premières pluies, je pris le chemin de l'atelier de Raphaël.

Dès qu'il me vit, il s'écria «Tiens, te voilà, toi; tu viens chercher ta veste. Elle est prête. Deux boutons, boutonnière cerise comme tu voulais. Tu feras un malheur avec.»

A l'entrée de la boîte de nuit, je me suis vu arriver de loin dans la glace. J'avais traversé un Te Deum: ma barbe en était sortie de vitamine obscure, n'ayant gardé qu'un poil blanc par caprice et pour ne pas perdre complètement le compte des années bissextiles. Mes yeux, éclaircis de menthe, tenaient en réserve le court-circuit de l'Annonce faite à Marie.

Je me fis un sourire: je vis qu'il m'élevait au-dessus du charme des coureurs cyclistes, et que je me détachais notablement par la sveltesse de mes narines; seuls les mauvais esprits auraient pu croire que je ne devais mon élégance qu'à la coupe vingt-cinq mille du tailleur. Un dernier coup d'œil à la glace me renvoya l'assurance de ma boutonnière.

La salle était dans la pénombre, propice en cela à l'éclosion des gazelles et du courant alternatif. Sur la piste, quelques couples étroitement enlacés. La musique lente collait les doigts des femmes à la nuque de leur partenaire; il s'en dégageait de courts arcs-en-ciel. J'ai cherché des yeux une table: c'est alors que je l'ai vue. Elle était seule, habillée de sombre apparemment, avec au cou une fleur rouge maintenue par un ruban de la même étoffe que la robe. Je l'ai invitée. Nous n'avons plus dansé qu'ensemble, riant bientôt des mêmes

Xavier Orville
Die Geranienblüte

Nachdem sieben Monate voller Träume meinen Kopf besät hatten und ihn bei den ersten Regenfällen zartgrün werden ließen, machte ich mich auf den Weg zu Raphaëls Werkstatt.

Sowie er mich sah, rief er: «Sieh an, da bist du ja; du kommst dein Jackett abholen. Es ist fertig. Zwei Knöpfe, kirschrote Knopflöcher, so wie du es wolltest. Damit wirst du was anstellen.»

Am Eingang des Nachtclubs sah ich mich von weitem im Spiegel kommen. Ich hatte eine Frischzellenkur hinter mir: Mein Bart hatte einen dunklen Vitaminstoß abbekommen und nur noch ein einziges weißes Haar, aus einer Laune heraus und um nicht gänzlich die Zählung nach Schaltjahren aufzugeben. Meine Augen – sie leuchteten grün wie Pfefferminz – versprachen einen Kurzschluß wie bei der Verkündigung Mariens. Ich gönnte mir ein Lächeln: Ich sah, daß es mich über den Charme der Radrennfahrer erhob, und daß ich wegen meiner geschmeidigen Nasenflügel beträchtlich auffiel; nur Böswillige hätten glauben können, daß ich meine Eleganz lediglich dem Fünfundzwanzigtausend-Francs-Maßanzug verdankte. Ein letzter Blick in den Spiegel sandte mir mein Knopflochselbstbewußtsein zurück.

Der Saal lag im Halbschatten und bracht so die Gazellen und den Wechselstrom besonders gut zur Entfaltung. Auf der Tanzfläche einige engumschlungene Paare. Die langsame Musik klebte die Finger der Frauen an den Nacken ihrer Partner; kurze Regenbögen stiegen von ihnen auf. Meine Augen suchten nach einem Tisch – und da sah ich sie. Sie war allein, anscheinend dunkel gekleidet, mit einer roten Blüte am Hals, die von einer Schleife aus dem Stoff ihres Kleides gehalten wurde. Ich forderte sie auf. Wir tanzten nur noch zusammen, lachten bald über die gleichen Dinge,

choses, brodant notre complicité au fil de la musique et des éclairs.

Elle m'avoua qu'elle était venue avec l'intention de bien s'amuser et qu'elle avait de la chance. Moi, j'ai fait aussitôt le saut périlleux dans l'émotion, l'éclaboussant d'étincelles vertes qui retombaient sur la piste en crépitant. Elle fut ma colonne du nord et ma colonne du sud. Sur elle, j'ai bâti l'eau de ma soif, l'herbe de ma paix et même une clochette en baril, décorée d'un motif en chevrons, et qui sonnait l'entrée de rêves.

Je lui ai dit des mots plumes-dattes, des mots poissons-lunes, des mots hirondelles buvant la mer en rase-mottes, des mots d'étoiles baissant les yeux pour mieux filtrer la nuit.

Je lui ai chanté dans le cou des chansons de haut miel, j'ai frisé ses cils de baisers, j'ai laissé couler dans son dos la tendresse des rivières, j'ai alerté au fond de ses seins le waschadou, waschadou de la vague.

Devenu de tempérament mélodique – ce que traduisait l'adaptabilité extrême de mes pas à la musique et la courbe de mes paroles –, un souffle d'air et ses cheveux caressaient les revers de mon cœur ouvrant des gerbéras à l'infini.

Quand deux heures du matin éteignirent les saxos, nous nous sommes promis de nous revoir. Dehors, elle frissonna, je lui ai mis ma veste sur les épaules. Elle s'est serrée contre moi, passant son bras autour de ma taille. Pour ne pas fêler la nuit, nous avancions lentement sur le corps de la ville; le contact de nos hanches avait remplacé Dieu. Le vent nous suivit sur la corniche, puis dans un dédale de ruelles qu'il ne connaissait pas, nous regarda nous embrasser longuement avant la séparation, «pour que tu ne m'oublies pas», dit-elle, en me tendant une photo; et dans son sou-

stickten unsere Zweisamkeit mit einem Faden aus Musik und Blitzen.

Sie verriet mir, daß sie gekommen sei, um ihren Spaß zu haben, und sie habe Glück. Da machte ich gleich den gefährlichen Sprung ins Gefühl und besprühte sie mit grünen Funken, die knisternd auf die Tanzfläche fielen. Sie war meine nördliche Säule und meine südliche Säule. Auf sie gründete ich das Wasser meines Durstes, das Gras meines Friedens und sogar ein fischgrätgemustertes Tonnenglöckchen, das am Traumeingang läutete.

Ich sagte ihr Worte wie Datteln und Pflaumen, Worte wie Mondfische, Worte wie Schwalben, die im Tiefflug das Meer trinken. Worte wie Sterne, die die Augen senken, um besser die Nacht zu durchdringen.

Ich habe ihr honigsüße Lieder in den Hals gesungen, habe ihre Wimpern mit Küssen gekämmt, habe die Zärtlichkeit der Flüsse ihren Rücken hinunterrinnen lassen, habe in ihrer Brust das Wallen, das Wallen der Welle geweckt.

Als ich melodisch wurde – das zeigte sich an der völligen Anpassung meiner Schritte an die Musik und am Schwung meiner Worte –, streichelten ein Lufthauch und ihre Haare die Manschetten meines Herzens und öffneten unendliche Blumenfelder.

Als um zwei Uhr morgens die Saxophone aufhörten, versprachen wir uns, daß wir uns wiedersehen wollten. Draußen fröstelte sie, ich legte ihr mein Jackett um die Schultern. Sie preßte sich an mich und schob mir den Arm um die Taille. Damit die Nacht nicht zerriß, gingen wir langsam über die tote Stadt hin; die Berührung unserer Hüften war an die Stelle Gottes getreten.

Der Wind folgte uns auf die Küstenstraße, dann in ein Gewirr von Gassen, die er nicht kannte; er schaute uns zu, wie wir uns lange küßten, bevor wir uns trennten. «Damit du mich nicht vergißt», sagte sie und reichte mir

rire, j'eus brusquement l'impression que la mort lui tenait à cœur.

J'ai cherché à la voir dès le lendemain. Alors je me suis rendu compte que je ne connaissais ni son nom, ni son adresse; c'est à peine si je me souvenais du quartier où je l'avais raccompagnée. Je suis retourné à la boîte de nuit, j'ai refait le chemin de la corniche, je me suis perdu dans les ruelles qui se ressemblaient toutes, interrogeant vainement les gens. Cela dura une semaine.

En désespoir de cause, je suis allé à l'État civil, avec la photo. Un employé m'a conseillé de m'adresser au service des recherches dans l'intérêt des familles: on me demanda de laisser mon adresse; je serais avisé dès que possible.

Des mois passèrent. Selon les jours, mon cœur montait ou descendait. La nuit, mes yeux restaient ouverts sur le ventre d'un hamac se balançant en plein ciel. Et puis, comme un appel venu de l'autre rive, un rêve m'a visité.

Je nageais vers les aspérités d'une falaise et la mer se calmait, pour me laisser choisir les livres que j'aime. Ma main a glissé sur les ouvrages, s'est arrêtée sur le Serpent d'étoiles. Je l'ouvre: elle flottait à l'intérieur. Je n'apercevais que ses pieds, mais je savais que c'était elle. Sa nudité m'a foudroyé, quand elle s'est dressée sur la pointe des seins pour cueillir un géranium rouge.

Le cœur brodé de poissons, elle nage maintenant vers moi, respirant des algues profondes. Son visage est très beau, porté par des cils qui en allongent la perfection et dégrafent dans leur sillage, le chuintement de l'écume. Elle a une aisance de grande savane sous le vent; l'émerveillement qu'elle suscite laisse dans les yeux – je le sens – une bille sucrée. Elle fait le geste de me rendre le géranium rouge. Quel reflet enraciné profond

ein Foto; an ihrem Lächeln schien es mir plötzlich, daß ihr der Tod zu Herzen ging.

Ich versuchte schon am nächsten Tag, sie zu treffen. Da merkte ich, daß ich weder ihren Namen noch ihre Anschrift kannte; ich wußte kaum noch das Viertel, in das ich sie zurückbegleitet hatte.

Ich ging wieder in den Nachtclub, nahm wieder den Weg über die Küstenstraße, verlief mich in den Gassen, die sich alle ähnlich sahen, fragte vergeblich die Leute. Das dauerte eine Woche.

Weil ich keinen anderen Ausweg wußte, ging ich mit dem Foto zum Einwohnermeldeamt. Ein Angestellter riet mir, mich an den Suchdienst für Familien zu wenden. Dort bat man mich, meine Adresse zu hinterlassen; ich würde so bald wie möglich benachrichtigt.

Monate vergingen. Von Tag zu Tag ging mein Herz mal auf, mal nieder. Nachts blieben meine Augen offen auf eine bauchige Hängematte gerichtet, die im freien Himmel schwang. Und dann, wie ein Ruf vom anderen Ufer, suchte mich ein Traum heim.

Ich schwamm auf einen zerklüfteten Felsen zu, und das Meer beruhigte sich, um mich die Bücher auswählen zu lassen, die ich liebe. Meine Hand glitt über die Bände und hielt auf der *Sternenschlange* inne. Ich schlage das Buch auf – und darin schwimmt sie. Ich sehe nur ihre Füße, aber ich weiß, daß sie es ist. Da hebt sie sich auf die Brustspitzen, um eine rote Geranie zu pflücken, und ihre Nacktheit trifft mich wie ein Blitz.

Das Herz mit Fischen bestickt, schwimmt sie auf mich zu, atmet aus tiefen Algen. Ihr Gesicht ist sehr schön, es wird von den Wimpern getragen, die seine Vollkommenheit verlängern und in ihrem Kielwasser die zischende Gischt aufreißen. Sie hat die Anmut einer großen Savanne im Wind; das Entzücken, das sie weckt, macht meinen Augen, das fühle ich, zu glasigen Kugeln. Sie deutet an, daß sie mir die rote Geranie reichen will. Welch tief verwurzelter Schimmer, der da am Ende ihrer Hand an die

refait surface au bout de sa main? «En échange, me dit-elle, je te veux seulement. Tu es celui que les cauris désignent. Viens greffer sur moi la douceur et les roses, mes chagrins s'en iront, un temps et un temps et la moitié d'un temps.»

La lumière verte orange avait des fraîcheurs palmes lorsque je me suis réveillé. Dans la boîte aux lettres, un mot du service des recherches me convoquait pour le lendemain seize heures. J'y suis allé. On ne me garantissait pas l'identité de cette personne; mais d'après l'enquête, compte tenu de la ressemblance, il s'agirait de Nica Simon, âgée de 21 ans, fille de Juan Simon et de Eugénia Huidobro, sa femme, tous deux ressortissants chiliens, domiciliés rue André-Morel au numéro 523.

Je me suis trouvé devant une longue forme noire.

Elle ne comprenait pas bien ce que je voulais, ne parlant que très peu français. Si je pouvais repasser vers midi, son mari serait là.

A midi et demi, j'ai vu Juan Simon chanceler, quand je lui ai tendu la photo. Ses yeux se sont obscurcis de tristesse, en même temps il parut terrifié de ma question. Il me fit signe de ne pas continuer à parler devant sa femme. Dans la rue, il me demanda quand et où j'avais rencontré Nica. Au fur et à mesure que je parlais, je le sentais s'effondrer. Il a dû s'asseoir sur un banc. Sa bouche s'est affaissée. Les deux rides, qui descendaient des ailes du nez au menton, se sont creusées; tout son visage s'est tordu de douleur. Puis il est tombé dans une sorte d'hébétude, les yeux fixes, les mains douloureusement ouvertes avec le pouce recroquevillé dans la paume. Au bout d'un quart d'heure, il a levé vers moi un regard bouleversant de pitié. «Je vous demande pardon pour le mal que je vais vous faire: ma fille est

Wasseroberfläche kommt! «Dafür», sagt sie mir, «will ich nur dich. Du bist es, den die kleinen weißen Muscheln weisen. Komm und pfropfe mir Süße und Rosen auf, mein Kummer wird vergehen, eine Zeit und zwei Zeiten und eine halbe Zeit.»

Das orangegrüne Licht war palmwedelfrisch, als ich aufwachte. Im Briefkasten eine Nachricht vom Suchdienst, der mich für den nächsten Tag sechzehn Uhr bestellte. Ich ging hin. Man konnte für die Identität dieser Person keine Gewähr leisten, aber den Nachforschungen zufolge sollte es sich wegen der Ähnlichkeit um Nica Simon handeln, einundzwanzig Jahre alt, Tochter von Juan Simon und Eugénia Huidobro, seiner Frau, beide chilenische Staatsangehörige, ansässig in der Rue André-Morel Nummer 523.

Ich stand vor einer hochgewachsenen schwarzen Gestalt.

Sie verstand nicht, was ich wollte, denn sie sprach nur sehr wenig französisch. Ob ich gegen Mittag wiederkommen könne, dann sei ihr Mann da.

Um halb eins sah ich Juan Simon taumeln, als ich ihm das Foto hinhielt. Seine Augen verdunkelten sich vor Traurigkeit, und zugleich schien ihn meine Frage zu entsetzen. Er machte mir ein Zeichen, nicht vor seiner Frau weiterzusprechen. Auf der Straße fragte er mich, wann und wo ich Nica getroffen hätte. Nach und nach, während ich sprach, spürte ich, wie er in sich zusammensank. Er mußte sich auf eine Bank setzen. Sein Mund fiel ein. Die beiden Falten, die von den Nasenflügeln zum Kinn liefen, wurden tief, sein ganzes Gesicht verzerrte sich vor Schmerz.

Dann verfiel er in eine Art Stumpfheit, die Augen waren starr, die Hände qualvoll geöffnet, die Daumen in die Handflächen gekrümmt. Nach einer Viertelstunde hob er den Kopf und sah mich mit überwältigendem Mitleid an. «Ich bitte Sie um Verzeihung, daß ich Ihnen wehtun muß: Meine Tochter ist seit

morte depuis trois ans. Elle est enterrée au cimetière de Trabaud.»

L'un de nous avait dû perdre la tête, lui sans doute – pour moi c'était plus rassurant –. Je suis parti, titubant malgré tout sous le choc. Une voix me répétait «n'y va pas n'y va pas». Au moment où j'ai poussé la grille, un oiseau qui passait dans le ciel couvrit mon visage de son ombre. J'ai avancé au milieu des tombes: la lumière crissait d'arêtes vives; personne n'aurait cru à la mort ce jour-là, tant il faisait beau. Je me suis arrêté net, quand je l'ai aperçue. Mon cœur s'est glacé. Je tremblais de tous mes membres; mais une force irrésistible me tirait en avant. Je me suis approché. C'était bien elle. Accrochée à une stèle, elle pendait. La pluie et le soleil l'avaient décolorée, mais à la boutonnière éclatait un géranium rouge.

drei Jahren tot. Sie ist auf dem Friedhof von Trabaud begraben.»

Einer von uns mußte den Verstand verloren haben,
wahrscheinlich er – für mich war das beruhigender. Ich
ging weg, taumelte dennoch unter dem Schock. Eine
Stimme sagte mir immer wieder «geh nicht hin geh nicht
hin». In dem Augenblick, als ich das Tor aufmachte, fiel
der Schatten eines Vogels, der am Himmel flog, auf mein
Gesicht. Ich ging zwischen den Gräbern voran: Das
Licht knirschte auf scharfem Kies; niemand mochte an
diesem Tag an den Tod glauben, so schön war das Wetter. Mit einem Ruck blieb ich stehen, als ich sie sah.
Mein Herz gefror. Ich zitterte an allen Gliedern; aber
eine unwiderstehliche Kraft zog mich weiter. Ich ging
näher heran. Sie war es. An einer Stele aufgehängt,
hing sie da. Regen und Sonne hatten sie ausgebleicht,
aber im Knopfloch leuchtete eine rote Geranie.

Claude Pujade-Renaud
Vous êtes toute seule?

Excédée par une matinée de mesquineries, Fabienne sort du bureau et se dirige vers son restaurant habituel *Au rendez-vous des amis*. On y mange bien et pour un prix encore raisonnable. Mais, à l'avance, Fabienne se sent agacée par la question de la serveuse:

– Vous êtes toute seule?

Ça se voit, non? Et cette façon d'appuyer sur *toute!* Elle le sait qu'elle est seule. Inutile de le souligner. Et depuis plusieurs mois qu'elle vient chaque midi, cette garce de serveuse pourrait lui épargner la répétition de l'interrogation! Solitaire, Fabienne, et de surcroît non reconnue. Combien d'années encore avant d'être intronisée, promue parmi les élus, table réservée et pichet de beaujolais amené d'office en même temps que la corbeille à pain? Certains clients masculins, a-t-elle remarqué, détiennent ce privilège. Il est vrai qu'ils ont l'air usé.

Fabienne a faim. Et le jeudi est jour de daube, elle aime. Elle entre résignée, tente de se faire imperméable à la question et se laisse installer à la place déterminée par une loi supérieure qui décide des positions et des hiérarchies. Comme dans son administration. *Au rendez-vous des amis* l'on pratique la séparation des couples et des célibataires. Pour ces derniers, une rangée de tables minuscules dans le prolongement de la porte. Fabienne supporte mal les coulis d'air froid à chaque entrée et sortie. Sans doute est-il légitime d'être puni pour péché de solitude. Les tables pour deux ou pour quatre sont proches des radiateurs et nanties de chaises plus confortables. Fabienne s'assoit et pense brusquement à ses impôts, à régler de-

Claude Pujade-Renaud
Sind Sie ganz allein?

Genervt von einem Vormittag voller Kleinlichkeiten
kommt Fabienne aus dem Büro und geht auf ihr Stamm-
restaurant zu: *Au rendez-vous des amis.* Dort ißt man
gut und zu einem noch vertretbaren Preis. Aber schon
im voraus ärgert sich Fabienne über die Frage der Bedienung:

«Sind Sie ganz allein?»

Das sieht man doch, oder? Und diese Art, mit Nachdruck *ganz* zu sagen! Fabienne weiß, daß sie allein ist.
Unnötig, es zu betonen. Und seit mehreren Monaten,
in denen sie jeden Mittag kommt, könnte dieses Biest
von Bedienung ihr die Wiederholung der Frage ersparen!
Einsam, Fabienne, und noch dazu nicht anerkannt. Wie-
viele Jahre noch, bis sie auf den Thron erhoben wird,
zu den Erwählten aufsteigt, mit reserviertem Tisch und
Beaujolais-Krug, der ohne Frage im gleichen Augenblick
gebracht wird wie das Brotkörbchen? Einige männliche
Gäste, hat sie bemerkt, haben dieses Privileg. Allerdings
sehen die recht verlebt aus.

Fabienne hat Hunger. Donnerstag ist Schmorbraten-
tag, den mag sie. Sie tritt ergeben ein, versucht, die Frage
an sich abtropfen zu lassen, und läßt sich auf den Platz
setzen, den ein höheres Gesetz bestimmt, das über Pla-
zierung und Rangordnung entscheidet. Wie in ihrer Behörde. Im *Au rendez-vous des amis* praktiziert man die
Trennung von Paaren und Einzelgängern. Für die letzte-
ren: eine Reihe winziger Tischchen in der Verlängerung
der Tür. Fabienne kann die kalten Luftzüge bei jedem
Hereinkommen und Hinausgehen schlecht vertragen.
Wahrscheinlich ist es rechtens, für die Sünde der Einsamkeit bestraft zu werden. Die Tische für zwei oder vier
sind nahe an den Heizkörpern und mit bequemeren Stüh-
len ausgestattet. Fabienne setzt sich hin und denkt
plötzlich an ihre Steuern, morgen zu erledigen, letzter

main dernier délai. Sur ce plan aussi, la condition de femme sans homme et sans enfant se paye.

Cuisine bourgeoise à prix ouvriers. La pancarte, vieillotte, est accrochée au-dessus de la caisse. Plus décorative qu'informative, estime Fabienne. Les ouvriers ont quitté ce quartier depuis longtemps. Restent ces visages ternes et blêmes, ces gestes et vestons étriqués. Des employés, des petits fonctionnaires. Comme elle. Le lapin à la moutarde n'est pas mal, il faut l'avouer. Et le pot-au-feu du mardi non plus. Fabienne commande la daube, des carottes râpées en entrée, pas de vinaigrette du citron si possible. La serveuse, c'est évident, ne veut pas entendre.

— Et comme boisson?

— Un petit pichet de beaujolais.

Il est exécrable ce beaujolais, il lui donne des brûlures d'estomac. Mais Fabienne est condamnée à le commander jusqu'à ce qu'il arrive de lui-même sur sa table. Peut-être, à défaut de reconnaissance, y gagnera-t-elle un début d'ulcère? Ce qui lui permettra d'accuser le vin et non les aigreurs rancies de l'isolement.

Fabienne grignote du pain en attendant ses carottes. Le vinaigre va réactiver son acidité intérieure, elle aurait dû prendre l'œuf dur mayonnaise. Demain. Les chiffres officiels attestent que les femmes sont plus nombreuses que les hommes: au moins les statistiques ont-elles le mérite de la déculpabiliser de son état de célibataire. Sinon de l'en consoler. Et il faut que ce soient les femmes – les collègues, les bonnes copines – qui vous le fassent sentir. Ou cette serveuse avec son *toute*! Aux hommes, Fabienne l'a remarqué, elle demande, pudique: «Vous êtes seul?» ou bien «Un couvert?» On est toujours trahi par ses sœurs. La solidarité féminine, Fabienne connaît.

Termin. Auch in dieser Hinsicht zahlt man dafür, eine Frau ohne Mann und Kind zu sein.

Bürgerliche Küche zu Arbeiterpreisen. Die – ältliche – Tafel hängt über der Kasse. Eher dekorativ als informativ, denkt Fabienne. Die Arbeiter haben das Viertel längst verlassen. Bleiben diese matten und blassen Gesichter, diese dürftigen Gesten und Westen. Angestellte, kleine Beamte. Wie sie.

Das Kaninchen in Senfsoße ist nicht schlecht, das muß man zugeben. Und der Dienstags-Eintopf auch nicht. Fabienne bestellt den Schmorbraten, geriebene Möhren als Vorspeise, keine Vinaigrette, Zitrone wenn möglich. Die Bedienung will es offenbar nicht hören.

«Und zu trinken?»

«Einen kleinen Krug Beaujolais.»

Er ist abscheulich, dieser Beaujolais, sie bekommt davon Sodbrennen. Doch Fabienne ist dazu verdammt, ihn so lange zu bestellen, bis er von selbst auf ihren Tisch kommt. Vielleicht holt sie sich wegen des Mangels an Anerkennung den Anfang eines Geschwürs? Dann wird sie es dem Wein anlasten können und nicht dem ranzig-sauren Alleinsein.

Fabienne knabbert am Brot, während sie auf ihre Möhren wartet. Der Essig wird ihre innere Säure verstärken, sie hätte das hartgekochte Ei mit Mayonnaise nehmen sollen. Morgen. Die offiziellen Zahlen belegen, daß es mehr Frauen gibt als Männer: Wenigstens haben die Statistiken das Verdienst, ihr das Schuldgefühl für ihren ledigen Familienstand zu nehmen. Schwacher Trost! Und es müssen ausgerechnet die Frauen sein – die Kolleginnen, die guten Freundinnen – die es einen spüren lassen. Oder diese Bedienung mit ihrem *ganz!* Die Männer, hat Fabienne gemerkt, werden von ihr diskret gefragt: «Sind Sie allein?» oder auch «Ein Gedeck?» Verraten wird man immer von seinen Schwestern. Die weibliche Solidarität, die kennt Fabienne.

Elle finit de saucer le jus de la daube. C'est bon, ça lui fera toujours une joie dans cette journée morose. Une part de brie, plâtreuse, et un café. Fabienne s'indigne d'une entorse à la loi qu'elle vient de repérer : une femme seule est assise dans la rangée des couples ! Au bout de combien d'années passées *Au rendez-vous des amis* acquiert-on pareil privilège ? Et dire qu'il lui faut retourner au bureau, supporter les prérogatives des anciennes et encaisser leurs vacheries. Fabienne s'offre un second café, avec deux morceaux de sucre. Elle ramasse sa fiche, l'usage est de payer à la patronne, amène et digne derrière sa caisse. La serveuse a oublié de noter le deuxième café. Fabienne jubile, une petite victoire à son actif.

Ce midi, jour de pot-au-feu, elle essaye de questionner la serveuse :

— Cette femme en face, comment ça se fait qu'elle soit à une table pour deux ?

— Elle est veuve.

Le ton de la serveuse est définitif. Elle débarrasse prestement et file vers la cuisine. Ainsi il faut en avoir eu un dans son lit pour obtenir, ou conserver, un emplacement de couple ? Fabienne extirpe une fibre de gîte d'entre deux dents, rumine. Elle en a eu quelques-uns dans son lit, distraits, pressés, vite en allés. Pour le plaisir qu'elle en tirait. Elle préfère la bouffe.

Elle observe à nouveau la privilégiée scandaleuse. La veuve n'a pas pris le pot-au-feu mais du petit salé aux lentilles, inscrit en permanence à la carte. Une seconde assiette est posée en face d'elle, devant la chaise qui lui fait vis-a-vis. Du lapin à la moutarde, diagnostique Fabienne. La veuve attendrait-elle quelqu'un, aurait-elle trahi le disparu ? Non pourtant, elle mange avec application,

Sie tunkt den Rest des Bratensafts auf. Das tut gut, das wird ihr immer noch Freude machen an diesem verdrießlichen Tag. Ein Stück Brie, wie Gips, und einen Kaffee. Fabienne ist über einen Gesetzesverstoß empört, den sie soeben entdeckt hat: Eine Frau sitzt allein in der Reihe der Paare! Nach wie vielen Jahren, in denen man ins *Au rendez-vous des amis* kommt, erwirbt man ein solches Privileg? Und wenn man bedenkt, daß sie ins Büro zurück muß, die Vorrechte derer ertragen, die länger dort sind, und ihre Gemeinheiten einstecken. Fabienne gönnt sich noch einen Kaffee, mit zwei Stück Zucker. Sie nimmt ihren Zettel, es ist Sitte, bei der Chefin zu zahlen, die freundlich und würdig an der Kasse sitzt. Die Bedienung hat vergessen, den zweiten Kaffee aufzuschreiben. Fabienne jubelt, sie kann einen kleinen Sieg verbuchen.

Heute Mittag, Eintopftag, versucht sie, die Bedienung auszufragen:

«Die Dame dort gegenüber, wie kommt es, daß sie an einem Tisch für zwei sitzt?»

«Sie ist Witwe.»

Der Ton der Bedienung ist endgültig. Sie räumt schnell ab und flitzt in die Küche. Also muß man einen im Bett gehabt haben, um einen Platz für Paare zu bekommen oder zu behalten? Fabienne holt eine Fleischfaser zwischen zwei Zähnen heraus, grübelt wiederkäuend. Sie hat einige in ihrem Bett gehabt, zerstreut, eilig, schnell wieder weg. Wegen der Lust, die sie dabei hatte. Sie zieht das Essen vor.

Sie beobachtet wieder das privilegierte Ärgernis. Die Witwe hat nicht den Eintopf genommen, sondern frisches Pökelfleisch mit Linsen, das immer auf der Karte steht. Ein zweiter Teller steht vor ihr, vor dem Stuhl, der ihr Gegenüber ist. Kaninchen in Senfsoße, diagnostiziert Fabienne. Sollte die Witwe auf jemand warten, sollte sie dem Verblichenen untreu geworden sein? Aber nein, sie ißt eifrig, Haut, Augen, Haare und Kleider aus

la peau, les yeux, les cheveux et les vêtements d'un gris quasi uniforme. Elle fixe un point au-dessus du lapin. Un regard de mort, se dit Fabienne. Dommage qu'il n'y ait pas moyen de parler avec cette serveuse qui ne l'a pas à la bonne, elle lui aurait demandé des explications supplémentaires.

Fabienne aimerait rester afin de vérifier si la veuve commande deux cafés mais il est l'heure et déjà elle a pris du retard sur son travail de la matinée, sa chef de service va encore la houspiller. Elle se dépêche de payer et de sortir. Un peu avant d'arriver au bureau, elle passe devant un type assis par terre, un chat en laisse à ses côtés, une assiette et une pancarte en carton devant ses pieds. Fabienne se garde bien de la lire, les chômeurs à la manque qui vous font le coup de l'arnaque elle ne peut pas les sentir, c'est de leur faute si on n'augmente pas les salaires des fonctionnaires et elle s'emmerde assez au boulot sans aller en plus nourrir ceux qui n'en ont pas.

– Vous êtes toute seule ?

La serveuse pose la question sans regarder Fabienne. Ou à peine. La voix accentue le *toute*, comme si résidait là une indignité propre à la femme. Fabienne ne répond pas et parvient à se glisser à une table proche de celle de la veuve, même si persiste entre elles la barrière de l'allée centrale, aussi infranchissable que celle qui sépare hommes et femmes dans les églises basques.

A présent, Fabienne sait. Hier, elle a réussi à se renseigner auprès de la patronne, plus abordable que la serveuse.

– Oui, elle est veuve, depuis peu. Il y a encore six mois, elle déjeunait ici avec son mari, trois ou quatre fois par semaine. Il aimait beaucoup notre lapin à la moutarde...

einem fast einheitlichen Grau. Sie starrt auf einen Punkt über dem Kaninchen. Ein Totenblick, sagt sich Fabienne.

Schade, daß sie nicht mit dieser Bedienung reden kann, die nicht gut auf sie zu sprechen ist, sie hätte um weitere Erklärungen gebeten.

Fabienne würde gerne bleiben, um sich zu vergewissern, ob die Witwe zwei Kaffee bestellt, aber es wird Zeit, und sie hatte schon am Vormittag einen Arbeitszeitverlust, ihre Abteilungsleiterin wird sie einmal mehr schelten. Sie beeilt sich, zu zahlen und zu gehen. Kurz bevor sie im Büro ankommt, geht sie an einem Mann vorbei, der auf dem Boden sitzt, eine Katze an der Leine neben sich, einen Teller und ein Pappschild vor den Füßen. Fabienne hütet sich, es zu lesen, die miesen Arbeitslosen, die einen übers Ohr hauen, die kann sie nicht ausstehen, es ist ihre Schuld, wenn man die Gehälter der Beamten nicht erhöht. Sie langweilt sich schon genug bei der Arbeit, will nicht auch noch die miternähren, die keine haben.

«Sind Sie ganz allein?»

Die Bedienung stellt die Frage, ohne Fabienne anzuschauen. Oder kaum. Die Stimme betont das *ganz*, als läge darin eine den Frauen eigene Unwürdigkeit. Fabienne antwortet nicht. Es gelingt ihr, an einen Tisch nahe bei dem der Witwe zu schlüpfen, auch wenn zwischen ihnen die Schranke des Mittelgangs bestehen bleibt, so unüberwindbar wie die, die in den baskischen Kirchen Männer und Frauen trennt.

Jetzt weiß Fabienne Bescheid. Gestern hat sie es geschafft, sich bei der Chefin zu informieren, die ist zugänglicher als die Bedienung.

«Ja, die Dame ist Witwe, seit kurzem. Vor sechs Monaten aß sie hier noch mit ihrem Mann zu Mittag, drei oder viermal die Woche. Er mochte besonders unser Kaninchen in Senfsoße...»

Fabienne s'était demandée s'il en était mort.

– Et puis, un cancer de l'estomac, à toute allure. Après, elle est revenue chez nous, bien sûr on lui a laissé reprendre la même table. Et elle lui commande toujours son lapin, vous avez peut-être remarqué. Comme elle paye les deux menus, vous comprenez...

Fabienne avait acquiescé, il faut comprendre la vie. Le coup du lapin semble être un leurre efficace, après tout chacun ses trucs. Fabienne se sent moins seule depuis qu'elle connaît le secret de la femme grise mais elle regrette que celle-ci ne daigne jamais regarder ailleurs. Sans doute est-elle toujours obnubilée par son homme ?

La serveuse débarrasse la table de la veuve, emmène le lapin, intact, sur la desserte du fond. Cinq minutes plus tard, elle le pose sur un chauffe-plat, puis le porte à l'un des clients célibataires. La part du mort. Deux fois payée. *Au rendez-vous des amis* il n'est pas de petit profit. Fabienne se promet de ne plus jamais prendre de lapin à la moutarde.

A la sortie du bureau Fabienne constate que le chômeur a changé de place. Il est à présent adossé à la devanture d'un charcutier-traiteur. Plus éloquent, évidemment ! A moins qu'il ne cherche à bénéficier de la chaleur diffusée par la rôtissoire à poulets qui tourne lentement à côté de lui ? Fabienne le regarde : la trentaine, un jean décoloré, son chat et lui ont l'air propre, les mêmes yeux jaunes. Pas vilains les yeux. La pancarte est à moitié posée sur les baskets :

Il a faim, moi aussi.

Indignée de ce qu'elle estime être un chantage, Fabienne entre dans la boutique, achète du jambon blanc et l'émiette sur le papier d'emballage

Fabienne hatte sich gefragt, ob er daran gestorben war. «Und dann Magenkrebs, es ging sehr schnell. Danach ist sie wieder zu uns gekommen, natürlich haben wir sie wieder denselben Tisch nehmen lassen. Und sie bestellt ihm immer noch sein Kaninchen, sie haben es vielleicht bemerkt. Da sie beide Menüs bezahlt, verstehen Sie...»

Fabienne hatte bejaht. Man muß das Leben verstehen. Die Sache mit dem Kaninchen scheint ein wirksames Lockmittel zu sein, nun ja, jeder hat seine Tricks. Fabienne fühlt sich weniger allein, seit sie das Geheimnis der grauen Frau kennt, aber sie bedauert, daß diese nie die Güte hat, mal in eine andere Richtung zu sehen. Wahrscheinlich ist sie immer noch ganz von dem Gedanken an ihren Mann beherrscht?

Die Bedienung räumt den Tisch der Witwe ab, nimmt das Kaninchen, unversehrt, mit auf den Serviertisch im Hintergrund. Fünf Minuten später stellt sie es auf eine Warmhalteplatte, dann bringt sie es einem der ledigen Gäste. Erbteil des Toten. Doppelt bezahlt. *Au rendez-vous des amis* macht keinen schlechten Profit. Fabienne nimmt sich vor, nie wieder das Kaninchen in Senfsoße zu nehmen.

Auf dem Heimweg vom Büro stellt Fabienne fest, daß der Arbeitslose den Platz gewechselt hat. Er lehnt jetzt am Schaufenster einer Metzgerei mit Partyservice. Das spricht für sich! Oder will er die Wärme des Hähnchengrills nutzen, der sich neben ihm dreht?

Fabienne schaut ihn an: Um die dreißig, eine ausgeblichene Jeans, seine Katze und er sehen sauber aus, haben die gleichen gelben Augen. Gar nicht übel, die Augen. Das Schild steht halb auf den Turnschuhen:

Sie hat Hunger, ich auch.

Empört über das, was sie für Erpressung hält, betritt Fabienne das Geschäft, kauft gekochten Schinken, zerstückelt ihn auf dem Einwickelpapier und stellt dieses

qu'elle pose, avec ostentation, devant le chat. Il
mange poliment, sans avidité, tolère une caresse.
L'homme n'a pas bronché, regard fixe, on dirait
la veuve. A moins qu'il ne fasse du yoga? Ça
nourrit, paraît-il, ça régule les métabolismes. Une
odeur de poulet grillé se répand. Le chat commence
une toilette méthodique. Fabienne contemple dans
la vitrine les boudins blancs et les galantines.
Une crampe d'estomac, elle se précipite vers le
restaurant, retrouve la question et la daube ri-
tuelles. La seconde ne compense pas la première.
Le lapin à la moutarde est à sa place, la veuve
semble davantage déveloutée.

Le soir, Fabienne s'achète une tranche de jambon. Rentrée chez elle, elle la coupe machinalement en menus morceaux et mange à bouchées
parcimonieuses. Elle sursaute: ridicule cette dî-
nette féline! Et même plus une canette de bière
au réfrigérateur! Elle ne parvient pas à détermi-
ner s'il est plus triste de manger seule chez soi ou
au restaurant. Après la télé elle avale d'une lam-
pée un vieux fond de whisky et se couche. Des
yeux jaunes trouent la pénombre.

Le chat n'est pas là, aujourd'hui. Fabienne s'ar-
rête:
— Vous êtes tout seul?
L'homme semble absent. Fabienne insiste:
— Qu'est-ce que vous avez fait de votre chat?
Il lève lentement son regard jaune. Non, gris-
jaune.
— Je l'ai laissé chez un ami, en banlieue.
Il hésite, précise:
— J'ai dû quitter ma chambre de bonne. Les deux
dernières nuits je les ai passées dans un foyer
d'accueil. Ils ne prennent pas les bêtes.

mit Nachdruck vor die Katze hin. Die frißt höflich, ohne Gier, erlaubt ein Streicheln. Der Mann hat sich nicht gerührt, starrer Blick, fast könnte man meinen, er sei die Witwe. Oder macht er Yoga? Das sättigt, heißt es, das reguliert den Stoffwechsel.

Brathähnchenduft breitet sich aus. Die Katze beginnt eine systematische Reinigung. Fabienne betrachtet im Schaufenster die hellen Würste und die Sülzen. Ein Magenkrampf, sie eilt zum Restaurant, trifft wieder auf das alte Spiel mit Frage und Schmorbraten. Der zweite macht die erste nicht wett. Das Senfkaninchen ist an seinem Platz, die Witwe scheint noch weiter entrückt.

Am Abend kauft sich Fabienne eine Scheibe Schinken. Zu Hause schneidet sie den Schinken unwillkürlich in kleine Stückchen und ißt ihn mit knauserigen Bissen. Sie zuckt zusammen: Lachhaft, diese Katzenmahlzeit! Und nicht mal mehr eine Flasche Bier im Kühlschrank! Fabienne ist unschlüssig, ob es trauriger ist, allein zu Hause zu essen oder im Restaurant. Nach dem Fernsehen schluckt sie in einem Zug einen alten Rest Whisky und legt sich schlafen. Gelbe Augen durchlöchern das Halbdunkel.

Heute ist die Katze nicht da. Fabienne bleibt stehen:

«Sind Sie ganz allein?»

Der Mann scheint abwesend. Fabienne läßt nicht locker:

«Was haben Sie mit Ihrer Katze gemacht?»

Er hebt langsam seinen gelben Blick. Nein, grau-gelben.

«Bei einem Freund gelassen, in einem Vorort.»

Er zögert, wird genauer:

«Ich mußte aus meiner Bude raus. Die beiden letzten Nächte habe ich in einem Obdachlosenheim verbracht. Die nehmen keine Tiere.»

Un silence. Fabienne jette un coup d'œil sur les pâtés en croûte.

– On pourrait déjeuner ensemble?

Il ne répond pas, ramasse l'assiette, vide, et la pancarte, les glisse dans une vieille gibecière, se lève. Il la suit, légèrement en retrait.

– Vous êtes toute...

Fabienne est entrée la première, masquant les yeux jaunes.

– Non. Deux couverts.

Doublant la serveuse médusée, elle se dirige vers la rangée réservée aux couples, s'installe d'autorité à côté d'un radiateur, invite les yeux jaunes à s'asseoir en face d'elle. La patronne esquisse un sourire bienveillant, la serveuse ne traîne pas pour amener la carte. C'est le jour de la blanquette, non il préférerait le poulet provençal, ça se comprend, depuis le temps qu'il en respire l'odeur.

– Vous prenez du vin? Le beaujolais est buvable...

– Non, merci. Un demi, si ça ne vous fait rien.

Sa voix est transparente, son visage aussi. Il doit être plus jeune qu'elle ne croyait. Pas de conversation, peu importe, Fabienne se fait volubile, parle de son administration et des tracasseries imbéciles de sa chef de service, raconte à mi-voix l'idylle de la veuve et du lapin. L'homme sourit, poliment. Fabienne savoure le plaisir de parler en mangeant, s'anime, multiplie les gestes, ses mains et ses lèvres n'arrêtent pas, le beaujolais lui paraît acceptable, en tout cas ne lui provoque pas d'aigreurs. Elle propose du fromage, un dessert? Il remercie, un café lui suffira. Fabienne commande néanmoins deux parts de tarte aux pommes, qu'elle dévore avec jubilation. Il s'excuse, il aurait bien aimé offrir les cafés mais ce matin la recette a été nulle, il y a des jours comme ça. Elle

Stille. Fabienne wirft einen Blick auf die Blätterteig-pasteten.

«Könnten wir zusammen zu Mittag essen?»

Er antwortet nicht, hebt den – leeren – Teller auf und das Schild, steckt sie in eine alte Umhängetasche, steht auf. Er folgt ihr, bleibt leicht zurück.

«Sind Sie ganz...»

Fabienne ist als erste hineingegangen, hat die gelben Augen verdeckt.

«Nein. Zwei Gedecke.»

Sie geht an der versteinerten Bedienung vorbei, wendet sich der Tischreihe für Paare zu und läßt sich ungefragt neben einem Heizkörper nieder, fordert die gelben Augen auf, sich ihr gegenüber zu setzen. Die Chefin deutet ein wohlwollendes Lächeln an, die Bedienung beeilt sich, die Karte zu bringen. Heute gibt es Kalbsragout, nein er würde das provenzalische Hähnchen vorziehen, verständlich, er hatte so lange den Geruch in der Nase.

«Nehmen Sie Wein? Den Beaujolais kann man trinken...»

«Nein, danke. Ein Bier, wenn es Ihnen nichts ausmacht.»

Seine Stimme ist durchsichtig, sein Gesicht auch. Er ist offenbar jünger als sie dachte. Keine Unterhaltung, macht nichts. Fabienne wird gesprächig, redet von ihrer Behörde und von den schwachsinnigen Schikanen ihrer Abteilungsleiterin, erzählt mit gesenkter Stimme die Idylle von der Witwe und dem Kaninchen. Der Mann lächelt, höflich. Fabienne kostet das Vergnügen aus, beim Essen zu reden, lebt auf, vermehrt ihre Gesten, ihre Hände und ihre Lippen stehen nicht still, der Beaujolais scheint annehmbar, jedenfalls bekommt sie kein Sodbrennen. Sie schlägt Käse vor, oder was Süßes? Er dankt, ein Kaffee genüge ihm. Fabienne bestellt dennoch zwei Stücke Apfelkuchen, die sie triumphierend verschlingt. Er entschuldigt sich, er hätte gerne den Kaffee gezahlt, aber am Vormittag hat er gar nichts eingenommen, sol-

comprend, il n'y a pas de honte. Elle le laisse à son poste habituel, elle passera le prendre demain à la même heure. Au bureau l'après-midi lui semble moins longue.

Un mois après Fabienne n'en sait guère davantage sur son homme de table. Un chômeur ou un doux marginal? Elle lui a demandé sous quelle rubrique il était inscrit à l'ANPE, il a laissé entendre qu'il n'avait pas de qualification. Les questions dérapent sur sa transparence. Un logement? Non, il n'a pas vraiment cherché, il se débrouille pour dormir à droite ou à gauche. Quant au chat, toujours hébergé, il va le voir et le nourrir chaque soir. Sa voix s'imprègne de tendresse moite: il ne peut pas se passer de son chat. Cet été, peut-être partiront-ils tous deux en vélo vers le midi et dormiront-ils ensemble, à la belle étoile. Fabienne préfère ne pas penser à l'été.

A midi dix elle retrouve les yeux jaunes devant le charcutier, à midi quinze leur table *Au rendez-vous des amis.* Lorsqu'il a ramassé quelques pièces il offre le café, voire un dessert. Rarement. Peu importe, Fabienne ne saurait payer trop cher le plaisir, en arrivant, d'entendre la serveuse demander:

— Vous êtes deux?

Elle est deux. Elle mange pour deux, ou presque, il a un appétit d'oiseau. Le jour où il a commandé du lapin à la moutarde elle a vérifié que la portion arrivait directement de la cuisine. Le plus souvent il s'en tient à son demi et à son poulet. Il en laisse un morceau dans son assiette, le ramasse dans la serviette en papier avant que la serveuse ne desserve et le glisse dans sa gibecière. Fabienne admire cette discrète dextérité. Le dîner du chat est prêt.

che Tage gibt es. Sie versteht, man braucht sich nicht zu schämen. Sie trennen sich an seinem üblichen Platz, morgen wird sie ihn zur gleichen Zeit abholen. Im Büro scheint ihr der Nachmittag weniger lang.

Einen Monat später weiß Fabienne nicht viel mehr über ihren Tischherrn. Ein Arbeitsloser oder ein sanfter Außenseiter? Sie hat ihn gefragt, unter welcher Rubrik er beim Arbeitsamt gemeldet sei, er hat zu verstehen gegeben, er habe keine Qualifikation. Die Fragen gleiten an seiner Durchsichtigkeit ab. Eine Unterkunft? Nein, er hat nicht wirklich gesucht, er schlägt sich durch, um mal hier, mal da zu schlafen. Was die Katze angeht, immer noch in fremder Obhut, er besucht sie jeden Abend und füttert sie. Seine Stimme färbt sich mit feuchter Zärtlichkeit: Ohne seine Katze kommt er nicht aus. Diesen Sommer fahren sie vielleicht beide mit dem Fahrrad in den Süden und schlafen zusammen unter freiem Himmel. Fabienne will lieber nicht an den Sommer denken.

Um zehn nach Zwölf ist sie wieder bei den gelben Augen vor dem Fleischer, viertel nach Zwölf an ihrem Tisch im *Au rendez-vous des amis*. Wenn er ein paar Münzen eingenommen hat, spendiert er den Kaffee, sogar den Nachtisch. Selten. Macht nichts, Fabienne kann das Vergnügen gar nicht zu teuer bezahlen, bei der Ankunft die Bedienung fragen zu hören:

«Sind Sie zu zweit?»

Sie ist zu zweit. Sie ißt für zwei, oder fast, er ißt wie ein Spatz. An dem Tag, als er Kaninchen in Senfsoße bestellte, hat sie darauf geachtet, daß die Portion direkt aus der Küche kam. Meistens hält er sich an sein Bier und sein Hähnchen.

Er läßt ein Stück davon auf seinem Teller, packt es in die Papierserviette, bevor die Bedienung abräumt, und steckt es in seine Umhängetasche. Fabienne bewundert diese unauffällige Geschicklichkeit. Das Abendessen für die Katze ist fertig.

Elle n'aime pas lorsqu'il fait le mort. Elle le titille, il résiste de son air lisse, elle se met à discourir toujours plus abondamment. Quinze jours plus tard le temps s'améliore, et les yeux jaunes proposent d'acheter chez le charcutier une part de pizza ou une quiche et d'aller les manger sur un banc du square voisin, ce serait plus agréable et moins coûteux. Fabienne allègue qu'elle déteste les pique-niques, les bancs sont poussiéreux, on se salit et on a les doigts poisseux. Pour rien au monde elle ne voudrait manquer son entrée *Au rendez-vous des amis*. Ni les regards de la serveuse, de la patronne et des habitués. Même la veuve grise a une fois levé les yeux au-dessus de son lapin, en direction de leur couple.

Il n'est pas devant le charcutier-traiteur. Fabienne sent ses jambes trembler. Elle hésite puis se décide à se renseigner à l'intérieur. Ah oui, l'homme à la pancarte, ces types-là ils disparaissent comme ils sont venus, d'ailleurs ils ont intérêt à changer de quartier s'ils veulent ramasser un peu de fric, non, en général on ne les revoit pas. Fabienne perçoit l'ironie de la voix et achète une part de tarte aux poireaux afin de s'assurer une sortie à peu près digne. Au square elle se chauffe au soleil, c'est vrai que par ce temps un pique-nique n'est pas déplaisant, oui, elle aurait dû venir ici avec lui plus souvent, peut-être ne serait-il pas parti ?

Le soir, assise par terre dans son studio, elle picore une tranche de jambon en écoutant la radio. Tout de même il aurait pu prévenir, dire au revoir, remercier, un attentat rue de Rennes, des morts, des blessés graves, oui, la prévenir, lui indiquer à quel endroit il projetait de s'installer, bien sûr ces gens-là n'ont pas de projet, elle non plus d'ailleurs, peut-être aurait-elle dû lui proposer de l'hé-

Sie mag es nicht, wenn er sich tot stellt. Sie kitzelt ihn, er widersteht in seiner glatten Art, sie redet Tag für Tag mehr. Vierzehn Tage später wird das Wetter besser, und die gelben Augen schlagen vor, bei dem Metzger ein Stück Pizza zu kaufen oder eine Quiche und sie auf einer Bank an dem nahegelegenen kleinen Platz zu essen, das wäre gemütlicher und nicht so teuer. Fabienne wendet ein, sie könne Picknicks nicht leiden; die Bänke sind staubig, man macht sich schmutzig und bekommt verschmierte Finger. Um nichts in der Welt möchte sie ihren Auftritt im *Au rendez vous des amis* verpassen. Auch nicht die Blicke der Bedienung, der Chefin und der Stammgäste. Sogar die graue Witwe hat einmal die Augen von ihrem Kaninchen gehoben, zu ihnen beiden herüber.

Er sitzt nicht vor der Metzgerei mit Partyservice. Fabienne spürt, daß ihre Beine zittern. Sie zögert, dann beschließt sie, drinnen nach ihm zu fragen. Ach ja, der Mann mit dem Schild, diese Typen verschwinden, wie sie gekommen sind, sie tun ja gut daran, das Viertel zu wechseln, wenn sie ein paar Piepen bekommen wollen, nein, meistens sieht man sie nicht wieder. Fabienne bemerkt die Ironie in der Stimme, sie kauft ein Stück Lauchtorte, um einen halbwegs würdigen Abgang zu haben. Auf dem kleinen Platz wärmt sie sich in der Sonne, es stimmt, daß ein Picknick bei diesem Wetter gar nicht so übel ist, ja, sie hätte häufiger mit ihm hierherkommen sollen, vielleicht wäre er dann nicht gegangen?

Am Abend sitzt sie in ihrer Wohnung auf dem Boden, pickt eine Scheibe Schinken und hört Radio. Er hätte doch immerhin Bescheid sagen können, sich verabschieden, bedanken, ein Attentat in der Rue de Rennes, Tote, Schwerverletzte, ja, ihr Bescheid sagen, ihr sagen, wo er plante, sich niederzulassen, natürlich haben solche Leute keine Pläne, sie ja übrigens auch nicht, vielleicht hätte sie ihm vorschlagen sollen, ihn bei sich aufzunehmen,

berger, avec son chat naturellement? Le mettre dans son lit pour être assurée de l'avoir à sa table. Les commentaires sur l'attentat se succèdent, de toute façon avec ce gouvernement d'incapables, à preuve le blocage des salaires des fonctionnaires dont elle fait les frais, l'argent a filé à toute allure ce mois-ci, ça lui apprendra à entretenir un pseudo-gigolo. Même pas. Une ombre. Une ombre et son chat. Quelle idée, aussi, d'aller jouer au restaurant du cœur! Plutôt ratatiner son cœur. Comme ses seins. Fabienne les regarde dans la glace en se déshabillant, ils lui donnent une fade envie de pleurer. Elle la refoule et avale un somnifère: elle ne veut pas risquer de voir scintiller dans l'obscurité des yeux jaunes.

— Vous êtes seule aujourd'hui?
   — Oui... Il est mort, l'attentat d'hier...
   La serveuse se décompose. Fabienne en profite pour marcher d'un pas ferme vers *leur* table. Elle s'installe et se drape dans la dignité des veuves. La serveuse est allée parler à la patronne. Celle-ci acquiesce d'un hochement grave. Fabienne savoure les regards qui la font exister. La serveuse s'approche, visage de circonstance, voix assourdie par les nuances délicates des condoléances:

   — Euh... je laisse les deux couverts?
   — Bien sûr. Pour moi ce sera le petit salé aux lentilles. Et un poulet provençal.
   La serveuse ne traîne pas, amène le beaujolais et le demi avec la corbeille à pain, pousse la prévenance jusqu'à disposer deux assiettes préalablement chauffées. Fabienne mange avec un appétit qu'elle essaie de dissimuler, marquant une suspension entre chaque bouchée — mais c'est pour mieux déguster — yeux figés au-dessus du poulet

samt Katze natürlich? Ihn in ihr Bett stecken, um sicher zu sein, ihn an ihrem Tisch zu haben. Ein Kommentar über den Anschlag folgt dem anderen. Dank dieser Regierung von Unfähigen jedenfalls (der beste Beweis ist das Einfrieren der Beamtengehälter, das zu ihren Lasten geht) ist das Geld diesen Monat im Eiltempo davongelaufen. Das wird sie lehren, einen Pseudo-Geliebten freizuhalten. Noch nicht einmal dies. Einen Schatten. Einen Schatten nebst Katze. Was aber auch für eine Idee, Restaurant du cœur, Freitisch, zu spielen! Lieber ihr Herz verschrumpeln lassen. Wie die Brüste. Fabienne betrachtet sie im Spiegel, als sie sich auszieht. Sie bekommt eine matte Lust zu weinen. Sie verdrängt sie und schluckt ein Schlafmittel: Sie will nicht riskieren, in der Dunkelheit gelbe Augen leuchten zu sehen.

«Sind Sie heute allein?»

«Ja. Er ist tot, der Anschlag gestern...»

Die Bedienung verliert die Fassung. Fabienne nutzt die Gelegenheit und schreitet festen Schrittes auf *ihren* Tisch zu. Sie setzt sich und hüllt sich in die Würde der Witwen. Die Bedienung ist gegangen, um mit der Chefin zu sprechen. Diese bejaht mit einem ernsten Kopfnicken. Fabienne genießt die Blicke, die sie erst existieren lassen. Die Bedienung nähert sich, das Gesicht den Umständen angepaßt, die Stimme in den feinen Nuancen des Beileids halb verstummt:

«Äh ... lasse ich beide Gedecke?»

«Natürlich. Für mich das Pökelfleisch mit Linsen, und ein Hähnchen auf provenzalische Art.»

Die Bedienung trödelt nicht, sie bringt den Beaujolais und das Bier mit dem Brotkorb, treibt die Aufmerksamkeit so weit, zwei vorgewärmte Teller anzurichten.

Fabienne ißt mit einem solchen Appetit, daß sie ihn zu verbergen sucht, indem sie zwischen jedem Bissen eine Pause einlegt – aber so genießt sie besser – die Augen über dem

et tout en même temps absorbés dans une douleur intérieure. Elle jubile, elle enchaînerait bien
avec le poulet, elle y renonce, un peu de décence.
Il faudra payer, peu importe, pareille jouissance
n'a pas de prix. Atone, son regard dérape sur celui de la veuve. Les connivences féminines, si-
lencieuses.

Fabienne commande deux cafés et, avant que la
serveuse ne desserve, s'empare discrètement de la
cuisse de poulet. Elle l'essuie avec la serviette en
papier et la glisse dans son sac. Son dîner est prêt.

Hähnchen erstarrt und gleichzeitig in einen inneren Schmerz versunken. Sie triumphiert, sie könnte jetzt gut zum Hähnchen übergehen, sie verzichtet darauf, ein bißchen Feingefühl. Sie wird es bezahlen müssen, macht nichts, so ein Vergnügen ist unbezahlbar. Ausdruckslos gleitet ihr Blick zu dem der Witwe. Stilles weibliches Einvernehmen.

Fabienne bestellt zwei Kaffee, und bevor die Bedienung abräumt, greift sie unauffällig nach dem Hähnchenschenkel. Sie tupft ihn mit der Papierserviette ab und steckt ihn in ihre Tasche. Ihr Abendessen ist fertig.

Ein Verzeichnis der französisch-deutschen Bände der Reihe dtv zweisprachig und der anderen Bände der Reihe ist erhältlich beim Deutschen Taschenbuch Verlag, Friedrichstraße 1a, 80801 München.
www.dtv.de   zweisprachig@dtv.de